Михаил Михайлович Пришвин

Времена года

四季

ミハイール・プリーシヴィン

岡田和也 訳

未知谷
Publisher Michitani

四季

目次

一月　仲冬

二月　晩冬

三月　初春

四月　仲春

四季　Времена года

自然を愛《め》でる人は多いものの、自然を心に懸《か》ける人は寡《すく》なく、心に懸ける人でさえ、自身の心を自然の裡《うち》に感じるほど自然と一如《いちにょ》になれることは、罕《まれ》。

一月　仲冬

春の道

昨日は、晴天でした。道で、光りの春《ヴェスナー・スヴェータ》が始まりました。日影《ひかげ》が道を温《ぬく》め温め、車が通り、轍《わだち》が燦《きら》めき出しました。足許《あしもと》の雪は未《ま》だ軋《きし》み、杖を拄《つ》くと未だきゅっと鳴るものの、轍の土はつるつるになり、羊毛長沓《ヴァーレンキ》を履いた足が辷《すべ》ります。こうして、道で、光りの春が始まりました。

唐傘花

往還で、車に遮《さえぎ》られました。私は、溝を踰《こ》え、森を指して、雪を渡り始めます。野と森の間には、谷地坊主《やちぼうず》（訳註、草が簇《むら》がり根を張った濕地《しっち》の凸起《とっき》）や低木の散らばる空き地。谷地坊主には、丈の高い灰色に枯れた唐傘花《からかさばな》（訳註、芹《せり》科の植物）。どの唐傘花にも、円花飾《ロゼット》りの中に小さな白い雪玉《ゆきだま》。或る雪玉に、華麗で彩鮮《いろどりあざやか》な五色鶸《ごしきひわ》が留《と》まっていましたが、そこは、雪玉の上から円花飾りの中の種子を啄《ついば》むのに打って附け、一つ啄むと、十《とお》の黝《くろ》ずんだ種子が、白い雪の上へ零れます。

五色鶸は、葉が落ちても、気にしません。円花飾りは、幾つも有り、一つが空《から》になれば、もう一つへ飛び移り、ぱらぱら落ちたものも、無駄にならず、四十雀《しじゅうから》の餌となり、雪に埋もれたものも、無駄にならず、春の大水が、種子を他処《よそ》へ運び去り、凡《すべ》ての唐傘花が、一《ひと》処《ところ》に留《とど》まる訣《わけ》ではありません。

二月　晩冬

最後の冱寒

主の迎接祭《スレーチェニエ》（訳註、聖母《せいぼ》馬利亜《マリヤ》が嬰児《みどりご》耶蘇《イエス》を神殿に伴った日、旧暦二月二日、新暦二月十五日、露西亜《ロシヤ》正教の十二大祭の一つ）の頃の最後の冱寒《モローズ》の前に、雪融けが来ることも有り、鳥は、春が来たかと早橡り《はやとち》、蝦夷雷鳥《えぞらいちょう》は、啼《な》き交わし、春先の連れ合い探しを始めます。

黒雷鳥《くろらいちょう》が、愛を求めて、嚥《のど》を嗄《か》らして、啼き号《わめ》くので、人も、それを聞いて、そんな気分にさせられ、未《ま》だ若くて閑《ひま》の有る人なら、何を囁《ささや》き出すか、神のみぞ知る。

枝の雪

今、見えない雪の星が、天から舞い降り、私たちの傍《かたえ》で、粛《しめ》やかな火華《ひばな》の雨となり、宙に燦《きら》めき、樹の枝に留《とど》まり、樹は、上から下まで全身が、どの小枝も、どの綻《ほころ》びぬ冬芽《ふゆめ》も、耀《かがや》いています。

区劃柱

光りの春《ヴェスナー・スヴェータ》が始まり、森のあちこちで空色の目が展《ひら》きます。涔々《しんしん》と雪が降り、その一《ひと》片《ひら》一片が舞い落ちる先を目で追うのも、乙《おつ》。瞶《みつ》めていると、こんな問いが。降る雪の造る形がみんな丸みを帯びるのは、何故《なぜ》?

それは、どの枝も上へ伸び、どの雪も下へ落ち、上と下を目指して頡頏《けっこう》する凡《あら》ゆる動きが、円運動を生む爲《ため》？

尤《もっと》も、雪は、下へ落ちますが、枝は、上へ伸びるものの徐々にであり、冬には凝《ぢ》っと天を仰いでいるばかり。

上を平らに円く挽《ひ》かれたこの区劃柱《くかくちゅう》にしても、降る雪は、平たい円の上に丸い帽子を造《こさ》えます。

町で

今日は、沍寒《モローズ》の晴天。日輪が、黒雲に隠れると、沍寒は、熱帯の植物の枝や温暖な海の藻を硝子《ガラス》に畫《えが》きます。日輪が、亦《また》、皃《かお》を出すと、沍寒は、熱帯への儚《はかな》い夢を諦めて泪《なみだ》し、雫が、硝子をあちらこちらへ傳《つた》います。

そんな日輪と沍寒の戯れは、雲が空から悉《すっか》り流れ去り、日影《ひかげ》が硝子の雫を悉り乾かして硝子を温《ぬく》めさえした時に、了《お》わりました。日が沒《しず》んで昏《くら》くなっても、冱寒には、硝子の上で攫《つか》めるものが無いのです。

そこへ、来客が有り、六階の澂《す》んだ窓《まど》から黝《くす》んだ建て物の函《はこ》を瞰《み》て、云いました。

「絶景！」

我が青春の城

今日は、夙《はや》くから、朝の冱寒《モローズ》に醫《い》やされに出掛けます。

八時を廻っても、日輪は、建て物の軒《たか》さを超えず、オルディーンカ（訳註、莫斯科《モスクヴァー》の地名）では、光りが、凡《すべ》ての建て物に日影《ひかげ》の暈《かさ》を冠《かぶ》せつつ、低く射しています。その爲《ため》、下には、日影の暈の下には、青い薄闇が澱《よど》み、そこでは、春の嘴細鴉《はしぼそがらす》が脹《ふく》れていたり、光りの春《ヴェスナー・スヴェータ》の使者である雀が壁に隠れて囀《さえず》っていたり。

建て物は、青い薄闇に裹《つつ》まれ、青さを増しつつ、遠くまで畳《たた》なわります。そして、更に遠くの何処《どこ》か遐《はる》か彼方《かなた》に、我が青春の城が、青く聳《そび》えています。私は、當時、迂愚《うぐ》な若造《わかぞう》であり、その閾《しきみ》を跨《また》げませんでしたが、今は、そこを目指し、それが見る見る逼《せま》り、今の私をそこで識《し》って貰えるかも知れないとの期待で、胸が一杯。

そこでは、白髪を気にする人もなく、それは却《かえ》って功《いさお》とされ、もう斥《しりぞ》けられることも有りません。

三月　初春

春

當今《いま》の人は、世の中が悠暢《のんびり》としていた遠い昔よりも、春の訪《おとな》いを夙《はや》く感じるようになった気がします。

嘗《かつ》ては、二月に春を口にする人など、町に居ませんでしたが、今は、四方から聞こえてきます。春《ヴェスナー》！

大きい時間

今日も、昨日と同様、光り溢れる弱い冱寒《モローズ》の朝。つい九年ほど前には、氷点下四十度の冬の冱寒も有りましたが、今は、誰もが気候の変動を口にし、これが世の常識に。凡《すべ》ては、気候が大きい時間の中に在り人間が小さい時間の中に在ることに起因し、小さいものが大きいものを判じる際には、前者は後者を自分の丈尺《じょうじゃく》で断じます。

暉ける日々

連日、夢にも見ない暉《かがや》き。少女《おとめ》らが、縄跳びを始めました。莫斯科《モスクヴァー》の光りは、人を抱いて運びます。建て物は、光りに暉《かがや》いて影を喜びます。光りと影、凡《すべ》て、美《よ》し！

漫《そぞ》ろ歩き

晴天、青い朝寒《あささむ》、晩に怯《おび》える小川、夜も朝も乾いている屋根。

宏《おお》きな館《やかた》が、造り掛けの煉瓦の壁を通りに面して繞《めぐ》らせており、壁には、あちこちに凹《くぼ》み、或るものは、壁を造る際に何かの爲《ため》に造られ、或るものは、煉瓦が自然に缺《か》け落ちたもの。今、どの凹みにも、行人《こうじん》には見えない雀が居り、春らしく時計のように小気味《こきみ》好く小歇《おや》み無く囀《さえず》っています。

けれども、小闇《おぐら》い凹みで欣喜《きんき》するそれらの雀は、正《まさ》に人の手では創れない光《ヴェスナー・スヴェータ》りの春の時計。或る行人は、時計を把《と》り出して覗くと、歩を迅《はや》めました。けれども、別の行人は、その春の時計を耳にするや、足を停《と》め、頬笑《ほほえ》みを泛《う》かべ、永いこと壁に目を這《は》わせ目を凝《こ》らし、漸《や》っと雀を見附けると、顔を耀《かがや》かし、周匝《あたり》を見廻すと、日影《ひかげ》の暈《かさ》を冠《かぶ》る街路の青い薄闇を喜ぶのでした。

音の春

朝の冱寒《モローズ》は弱く、日中、莫斯科《モスクヴァー》では、日輪が、潴《みずたま》りを幾つも造《こさ》え、夕方、少し氷りが張ると、浅春《せんしゅん》が、力一杯、匂い立ちました。

この時季、村の聾《みみし》いは、私たちと同様、耳が能《よ》くなります。冬は、誰しも耳が少し遠いのです。

すると、不意に、遠い聲や近い雫が、異《ちが》ったふうに聞こえ、誰かが私を呼ぶように、誰かの言葉が聞こえます。

私は、最近、これを発見し、音の春《ヴェスナー・ズヴーカ》と命名。

昨日は、雪融け。雨の晩に、車の撥ねを避《よ》けながら、家路を辿りましたが、気分は上々。

この春だけでなく、凡《すべ》ての春が、私と共に通りを歩み、私は、疾《と》うから、音の目覚めに気附いていたのですから。

皎るい朝

昨日は、一日、雪が舞い、一晩、舞うだけ舞うと、翌朝は、実に皎《あか》るく、雪が清《すが》しく燦《きら》めき、どの屋根の上でも、烟《けむ》りが嬉しそう。

曇天

暖かな曇天。その後、青い霽《は》れ間が、どんどん衍《ひろ》がり、破れた夜の毛布の裂《き》れや覆いや凡《あら》ゆる滓《かす》が、灰色の帆の扁舟《へんしゅう》さながら、青を航《わた》っていきました。

深山鴉の飛来

雪の上のここかしこに、深山鴉《みやまがらす》が居ますが、彼らは、空腹なのに凡《すべ》てが雪に埋もれて何も獲《と》れぬ容子《ようす》、長い脚で急々《せかせか》と歩き廻り、私を傍《そば》まで近寄らせ、飛ばずに駈け廻っています。晩にはもう、彼らの塒《ねぐら》から、八釜《やかま》しい啼《な》き聲が。

咲《え》まう夕べ

白く儚《はかな》い小さな斑《はだら》が、全天に二つ限《き》り。暮れ合いには、落暉《らっき》に映える青い雪と薔薇色の森が花と咲き、空一面が炎《も》え上がり……

弱い沍寒《モローズ》の晴天が、もう三日続くものの、雪は、未《ま》だ深く、霧や雨を伴う灰色の日が訪れるまで、緩《ゆっく》りと時間を掛けて融けていきます。そうして初めて、鳥たちの御目見得《おめみえ》。

私かな生

氾濫原《ポーイマ》では、小さな湖が、暑い真晝《まひる》には雪の下から覗き、夜には凍ります。そんな氷りの融けた孔が、径を迦る《さえぎ》ことも有り、歩くと、周匝《あたり》一面がみしみし。今は、朝の内《うち》だけ、車の輪胎《タイヤ》で造る上履き沓《ガロッシュ》の附いた愛用の羊毛長沓《ヴァーレンキ》を履いた人たちが、氾濫原を渡ります。川は、未《ま》だ雪に覆われ、岸との識別《みわ》けが附かず、南面の切り岸でのみ、西洋絹柳《せいようきぬやなぎ》の刺毛《しもう》の氷りが融け、そこでは、もう蟲たちの私《ひそ》かな生が沸き立っているでしょう。

三月の日影

昨日と同様、正午頃《まひる》に日影《ひかげ》が射しましょう。莫斯科《モスクヴァー》の主な通りは、実に清《すが》しく、実に明るく、人は、生気を取り戻し、自分が聡《さと》く潔《きよ》くなった心持ち。

この三月の日影の中で、私は、嘗《かつ》ては、人の上衣《うわぎ》の花ばかり見ていましたが、今は、人の目の花を見ており、この光りの中で、多くの人の目が花と咲きました。空色、碧《あお》色、橄《オリ》欖《ーヴ》色、そして、私には、紫丁《リ》香《ラ》花色の目も、何処《どこ》かで閃《ひらめ》いたような気がします。

屋根からぽとり

鍛冶屋橋通り《クズネーツキイ・モースト》で、私の鼻の尖《さき》に、何かがぽとり。屋根から金の滴瀝《てきれき》、そう想いきや、ひょいとそこから雀の囀《さえず》り。それは、今年最初の光りの春《ヴェスナー・スヴェータ》の雀。私の鼻に滴《したた》ったのは、金の雫ではなく、雀の糞《まり》。

けれども、私は、町の光りの春が余りにも嬉しく、光りの春の最初の歌い手のそんな麤《そ》相《そう》を、些《ちっと》も気にしませんでした。

自然の感覚

ほら、川……、貴方は、近附きます。そこでは、魚釣りがしたくなったり、水浴びがしたくなったり、更に！　岸を逍遙《ぶらつ》きたくなったり、舟遊びがしたくなったり、想いに耽《ふけ》りたくなったりさえします。人は、何かを想い出し、人生の何かが、置き換わります、凡《すべ》ては、自分のこと、凡ては、自身の爲《ため》！

けれども、莫斯科《モスクヴァー》で春を迎え、中庭を流れる溝《どぶ》を目にし、本物の川を想い、自由な自分を想像すると、心は追憶に盈《み》たされます、凡ては、川の爲、自身の爲には、何《ニチェヴォー》も。

こんなふうに、私たちの自然の感覚は、凡て、町で、生まれます。

流浪《るろう》への憧れを伴う自然への愛は、町で、雑鬧《ざっとう》で、萌《めば》えます。（そこへ、そこへ！）。

人は、都邑《とゆう》から孤独へ、無人境《むにんきょう》から巷間《こうかん》へ、誘《いざな》われます。

訣れる川

夜は、冱寒《モローズ》、晝《ひる》は、燦々《さんさん》。川は、昨日一日で黝《くろ》ずんで雪と訣《わか》れたものの、氷上を、未《ま》だ人が歩いています。野には、もう、雪融け水の漣漪《さざなみ》、斑《はだら》、そして、《烏鵲《かささぎ》の王國》。

雪の下

雪の下では、勿論、もう、水が、見えない自分の路を流れ、穴と云う穴を盈《み》たしています。それは、目に見え、瞰《みお》ろすと、あちこちの細かな青い漣漪《さざなみ》の中に雪が有りますが、雪の下に水の有る處《ところ》は、上の漣漪が青でなく赭《あか》く、明日にも、そこに瀦《みずたま》りが出来るかも。

忘れまじ

暮れ合い。日輪は、黒雲の中へ沒《しず》みますが、黒雲までは、未《ま》だ未だ。河の両側に、二条《ふたすぢ》の川が燦《きら》めいていますが、これは、解氷部《ザーベレグ》。こちら岸の解氷部には、足場。人は、それを傳《つた》って氷上へ移り、消え残る小径を辿って対《むこ》う側を目指し、あちらで二つ目の足場を傳って用心深く岸へ渡ります。南面の対う側は、白いものより黒いものが遙《ず》っと目立ちます。北面のこちら岸は、清く深い處女雪《しょじょゆき》に裹《つつ》まれています。

的皪《てきれき》、清冽《せいれつ》、爽涼《そうりょう》、淡彩《たんさい》は、余りにも韶《うつく》しく、人は、感谷《かんきわ》まり、感謝の言葉も有りません。

けれども、日輪が低い黒雲へ逼《せま》り、ほどなく凡《すべ》てが渝《か》わる爲《ため》、この一夕を決して忘れぬよう、匆々《さっさ》と心に鏤《きざ》まなくては。

馬穴の乙女

上の方から、雪と氷りをざくざくと蹈む、誰かの跫音《あしおと》。何処《どこ》か、上の方から、小川が、黒い蛇のように白い雪を二つに裂いて流れ、乙女《おとめ》が、馬穴《バケツ》と共に下りてきます。逆光には、乙女の靭《しな》やかな黒い影法師《シルエット》のみ。彼女は、下りてくると、二つの馬穴を岸に置き、三つ目を提《さ》げ、平衡《バランス》を取りつつ足場の丸太を上手《じょうず》に傳《つた》い、馬穴を金色の氷りの孔《ポルィニャー》へ。

そうして、舞うように丸太を往き来し、一つづつ三つ凡《すべ》ての馬穴に水を汲みます。それから、二つの馬穴を天秤棒へ括《くく》り、よいさっと肩へ荷《にな》い、そうっと鞠《かが》み、三つ目を手に把《と》りました。阻《けわ》しい岸、目指すは高處《たかど》、それでも、彼女は升《のぼ》っていきます。

丸太の上での馬穴との戯れは、もうお了《しま》い。乙女が前屈《まえかが》みになるや、彼女の凡てが脊中《せなか》に在り、彼女の力と生の凡てが脊骨《せぼね》に在り、彼女の行く手は迚《とて》も遠く迚も高い、そんな感じ。恰度《ちょうど》、荷車を曳く若駒が、山裾で二の足を蹈むものの、笞《むち》を喰らうや、凡ての力が脊中に滔《あつ》まり、颯《さ》っと駈け出し、荷車を曳き上げるものの、永いこと曳かねばならず、馬はしんどく、行く手は迚も高い、そんな感じ……

雪融けの地に佇《たたず》んで川を瞰《みお》ろすのは、実に好《よ》いものの、遙《ず》っとそうして居たいものの、日輪が黒雲の中へ沒《しず》むと、空気が冷えて雪が凍り始めました。

四月　仲春

澂んだ氷り

冱寒《モローズ》が花を造らず花で水を覆わない澂《す》んだ氷りを見るのは、好《よ》いもの。そんな薄《うす》ら氷《ひ》の下では、小川が、泡《あぶく》の瑰《おお》きな塊《かたま》りを逐《お》い、氷りの下から展《ひら》けた水の上へ出し、眴《また》く間に漕《はこ》びます。まるで、小川には、何處《どこ》かでそれが入り用で、それを一處《ひとところ》へ匆々《さっさ》と会《あつ》める必要でも有るかのように。

土の感触

春に一番大事なのは、最初の深山鴉《みやまがらす》や星椋鳥《ほしむくどり》を目にすることではなく、足が地《アース》に接すること。露《あら》わな土を蹈むや、一切《いっさい》が感じられ、過ぎ去りし凡ての春が一つになり、歓びが氾《あふ》れます。

凡てが聞こえ、凡てが見える！……

この邊《あた》りは、丘陵地。冬は、丘の間の峡谷《ローグ》に、冬の道《ジムニャーク》が通じます。春は、冬の道が川となり、森の多い丘の間の低い草地一面が水に涵《ひた》り、夏は、春に水が流れた草地に、満目《まんもく》の葩《はな》が咲き乱れます。

自分の春を始めるのに相応《ふさわ》しい頃合いは、未《ま》だ雪が斑《はだら》に残るものの道はもう川とも呼べる大きな小川の氷りの河床となった時。私は、毎年、硲《はざま》の氷りの道で小川が潺《せせら》ぐ二つの森の多い丘の南面を目指し、その祝祭に列《つら》なります。

北面は、未だ雪が些《ちっと》も消えませんが、そちらは、殆んど消え、樹間の土が、温《ぬく》もり、黒い木株も、可成《かな》り温もり、そこに腰掛けて小川に耳を澂《す》ますよう行人《こうじん》に囁《ささや》きます。

そこからは、凡《すべ》てが聞こえ、凡てが見えます。春の小川の潺ぎは、誰にでも判りますが、潺ぎの他に、時折り何かが打《ぶ》つかるような音がします。それが何か、お判りですか？　曩日《いつかか》、最初の春の小川に耳を澂ましたことの有る人なら、お判りでしょう。凡てこれは、海千山千の冱寒《モローズ》の爲業《しわざ》、凡てこれを、夜、それが造《こさ》え、今、小川が毀《こわ》しています。夜、冱寒が小川に天然色の毛布を被《かぶ》せようとし、今、小川がそれを毀しており、冱寒の白い花が水へ崩れ落ちる時、正《まさ》にこの打つかるような音がします。

日輪が、小川に加勢するものの、冱寒が、無くなる訣《わけ》ではなく、それは、蔭に隠れて、霽《は》れた暑い日でも、悪戯《いたずら》をします。

ほら、彼處《あそこ》に、枝振りの美《よ》い大きな唐檜《とうひ》が彳《た》ち、恰度《ちょうど》その木《こ》の下闇《したやみ》で、小川が岩棚から流れ落ちています。水が落ち、見えない細かな沫《しぶき》が颺《あ》がり、冱寒は、獵人のように蔭に隠れて、その沫を禽《とら》え、その沫で躬《みづか》らの奇蹟を積み層《かさ》ねます。

大きさが掌ほどしかなく刷毛《はけ》のように茂った若い唐檜に、冱寒が何を爲《し》たか、ご覧あれ！　それは、唐檜に氷りをびっしり裹《まと》わせてたっぷり積み層ねたので、極《ご》く敏《さと》い目でなければ、垂氷《つらら》や冱寒の花の下に簇《むら》がる若い唐檜に気附きません。

冱寒は、小川の沫を禽えつつ、去年の稈《わら》のようなもので城や茅舎《ぼうしゃ》を孜々《せっせ》と造《こしら》えますが、凡てこれは、黝《くろ》ずんだ葉が小さな雪の穴へ沈み、黝ずんだ去年の小さな茎が一本づつ小さな雪の洋盃《コップ》に挿《さ》さった、霽《は》れた日中のこと。

渝わらぬ森

鴉《からす》は激《げき》し、雀は囀《さえず》らんとするも、日は連なり、毎日が鏡に映したよう。こんなに好《この》もしく清《すが》しく美しい日々は、有りませんが、春と心は、動きを求めます。

今のところ、動きは、野にしか見られず、《烏鵲《かささぎ》の王國》では、黒い羽が増す増す殖《ふ》えているものの、森には、渝《か》わりが有りません。

灰色の日々

日輪は、黒雲に隠れ、今朝は、象《すがた》を見せずに輝《て》っています。亦《また》、覗くかも知れませんが、明日は、今必要な灰色の日々が、始まりそう。

昃《ひるす》ぎ、雨雲らしき尨《おお》きな黒雲が、東から逼《せま》りました。けれども、近附くと、遽《にわ》かに全體《ぜんたい》が白くなり、雪が洪《ど》っと降り出し、晩まで霏々《ひひ》と降りました。

格闘

完《まった》き静寂、霽《は》れ亙《わた》る空、夜の健《したた》かな冱寒《モローズ》、晝《ひる》の今、冱寒は、あちこちの青い蔭に。森の小川では、何と云う格闘！　水が、日向《ひなた》の草地から奔《はし》り、冱寒が、日蔭でそれを禽《とら》えます。

凍る小川

冱寒《モローズ》が募り、朝から堅雪《ナースト》を渡れます。

私の小川は凍り、舟形《ふながた》に反《そ》った古葉《ふるは》が、滑らかな澂《す》んだ氷りの上を流れます。小川の曲がる邊《あた》りに溜まって白い沫《あわ》を造えた泡《あぶく》も、今は凍り（それは水で出来ていました）、固まった赭《あか》い捏粉《ねりこ》のよう。

水の春

昨日は、憶《おぼ》えていたい妙《たえ》なる一日。前日、雪融け水の叛乱が勃《お》き、昃《ひるす》ぎ、凡《すべ》てが、沸《たぎ》りました。朝、凡てが、湯気に盈《み》ち、日輪が、上から地表の湯気を透して自身の片鱗《へんりん》を覗かせ、忙《せわ》しく寧《やす》らがぬ私たちの心を怡《よろこ》ばせました。

小川に沿って、慕わしき森の縁《オプーシカ》へ移ると、そこでは、蟻が上へ匍《は》い出ていました。尤《もっと》も、垤《ありづか》の容子《ようす》は様々、もう凡ての蟻が真っ黒な扁円形の焼き菓子《レピョーシカ》のように赭《あかつち》を覆っている垤も有れば、蟻が黒い斑《はだら》のように脱《ぬ》け出し始めた垤も有れば、未《ま》だ特別な斥候《せっこう》の蟻が徘徊《うろつ》いているような垤も有りました。

耕地の雪は融け、野は渡れそうにありませんが、幸《さいわ》い、径に氷りの缺片《かけら》が有り、歩くとざくざく、足は沈みません。

低い空

夜雨《やう》が降り、桶は満杯。日輪は、黒雲に覆われ、見えたり隠れたり。川は、砕《くだ》けた氷りに塞《ふさ》がれ、淀《よど》んでいます。空気は、重たく濕《しめ》っています。野は、雪が悉《すっか》り消えました。森には、可成《かな》りの残雪。畠は、低い處《ところ》は黝《くろ》ずみ始め、森の傍《かたえ》は白い儘《まゝ》。朝、土が、湯気を颺《あ》げ、低い空の霧が、土の息に觸れました。空の何處《どこ》に日輪が在るか、判ります。川は、氷りが消えました。ヴァーニャが、捕れたばかりの魚を持ってきました。

私の七十六度目の春

霽《は》れた朝は、移り気、明らんだり翳《かげ》ったり。雪融けの畠の凍った畝《うね》は、眩《まばゆ》く燦《きら》めき、管から水が滴《したた》り、冱寒《モローズ》は無し。

家を出ると、頭青花鶏《づあおあとり》（訳註、花鶏《アトリ》科の渡り鳥）の聲がし、この鳥の囀《さえず》りと結び附いた佳《よ》き想い出に涵《ひた》ろうとするや、ひょいと目にしました、川をびっしり覆う氷りが動き出すのを……

今日は、水が多いので、巨《でか》い長沓《ながぐつ》を履きましたが、余りにも重くて丈が高いので、それを履くと、重装の古代の戦士さながら。泥の上を歩む私の砕《くだ》く氷片の音が、余りにも大きいので、告天子《ひばり》が、道の上を鼠《ねずみ》のようにすたこらさっさ。

今日は、重たい濕気《しっけ》が減り始め、目覚める大地が冬を越して初めて吻《ほ》っと一息吐《つ》いたよう。一羽の告天子が、刈り株の間を駈け廻り、連れ合いを探し求めています。告天子は、相手を見附けると、番《つがい》となって共に舞い立ち、降り立つと、亦《また》、連れ合いを探し求めるか、舞い颺《あ》がってあの愛の歌を唱《うた》うかします。

流氷

川の辺《ほと》りのあの一夕は、憶えておかなくては。

氷塊たちの諍《いさか》いも熄《や》んで川の凡《すべ》てが有る可《べ》き態《すがた》に復《かえ》る時の沈黙を、ご存知ですか？　流氷は、自分が流れる可きか否《いな》かを、私たちに問いません。大いなる沈黙の中では、《何処《どこ》へ、突っ奔《ぱし》る？》と云う恐らくは年嵩の氷塊の濃《こま》やかな助言めいた短い呟《ささや》きが、時折り聞こえるばかり、凡てが、呟きであり、凡てこれが、沈黙を深め、人は、こんな風《ふう》に感じます、氷塊たちは亡《な》き骸《がら》のように沈黙しているのではなく、生けるものたちが融けずに海まで流れ着きたい一心で一つになっている、と。

日の沒《い》り前、日輪に先行する赤い斑《はだら》が、深い青の中から露《あらわ》れました。小丘《しょうきゅう》の上では、黒い樹々の密林が、その赤を背景に際立ち、赤の表面を左へ進み始めました。密林は、漸々《ずんずん》進み、樹々は、地下鐵の電動扶梯《エスカレーター》で搬《はこ》ばれる人のように誇らかに彳《た》っていました。赤の表面を漸々進み、青い背景へ至りました。すると、普通の森の疎林が、赤の表面を進み始めました。

私には、これは大地が動き、私も大地に運ばれ、鶴に乗る蚤のように翔《と》んでいる、と想われました。蚤どころか！　蚤ではなく、一千倍に拡大しないと拝めない繊毛蟲《せんもうちゅう》のように。

赤を背景に、更に赤いものの眩《まぶ》しくはない日輪が、竟《つい》に《沒《しず》み》、私は、繊毛蟲の毅《つよ》い確たる思想を全存在に反して証《あか》しする樹々を、見送り続けることができました。

《亦《また》、お前さん、突っ奔《ぱし》る！》氷塊たちは、温和《おとな》しく呟きました。

「負けない、負けない、私はみなさんに。――私は、日輪の表面を過《よぎ》る樹々に呟きました。――過《よぎ》りなさい、過りなさい、私は、みなさんを打ち眺めて彳《たたず》んで算《かぞ》えます」

私は、丘の上に地下鐵の人のように誇らかに彳《た》っていた最初の密林を、その密林がこの間《かん》に実に長い距離を動いたのを、想い起こし、それが余りにも長いので、地球がどれほど凄まじい迅《はや》さで動いたかを、私が思惟する繊毛蟲のことを想っている内《うち》に地球がどれほど動いたかを、覚《さと》りました。

《静かに《ポチーシェ》、静かに！》氷塊たちは、私に呟きました。

私は、彼らに応えました。

「負けない、負けない！」

その間に、日輪が没み、旅する樹々が停《と》まりました。けれども、日影《ひかげ》は、深い青の下から澂《す》んだ空の自由へと脱《だっ》し、金や赤に耀《かが》く花冠《かかん》が、私の頭上に衍《ひろ》がりました。私の頭上に！

《静かに、静かに！　凡て、私たちの、私たちの、私たちのもの》氷塊たちは、私に温和しく呟きました。

温める日輪

白楊《はこやなぎ》は、地面摩《す》れ摩《す》れまで雪に撓《たわ》み、冬の間に野兎に齧り盡《つ》くされました。その爲《ため》、春が来ても、生長しませんでした。

今日は、朔風《さくふう》も吹き寄せず、日輪が、私たちを存分に温《ぬく》めました。鶫《つぐみ》が、囀《さえず》り始めました。蝶が、甦りました。鶫が囀り始めたからには、山鴫《やましぎ》も居る筈《はず》ですが、白樺の樹液は、未《ま》だ動き出しません。
《みんな、そこに在るものの、――古老なら、こう云いましょう。――未《いま》だ見えず》
昨日、私は、カド（訳註、指標犬《ポインター》の名）と愉しく森を歩きましたが、道は、湖の邦《くに》のように、湖水から湖水へと、雪の融けた地面から地面へと、続いていました。

冱寒の轍

人が車で通り、その広い轍《わだち》に水が渟《た》まった、森の至る處で、冱寒《モローズ》が、自分の車を驅《か》り、その轍が、赭《あか》や黒の上に印《しる》されました、妙《たえ》なる花を裹《まと》う二条《ふたすぢ》の白線のように。

蝶

沍寒《モローズ》は、早晨《そうしん》には、未《ま》だ地面に麻布《あさふ》を敷いていましたが、日輪が地面を温《あたた》めると、露を被《かぶ》りました。

熱い日影《ひかげ》の下、一頭の蝶の中で、生が目覚めました。白楊《はこやなぎ》の幹の色に似た灰色の蝶が、小さな三角の身を草の上に横たえて、蠕蟲《ぜんちゅう》のように顫《ふる》えており、翅《はね》は利《き》かないようでした。掌に載せて観察すると、鴞《ふくろう》を想わせる二条《ふたすぢ》の橙《だいだい》色の長い髭が頭に生えた蛾なのでした。それは、尸《かばね》のように掌の上に臥していたものの、抛《ほう》ると羽搏《はばた》きました、それも美事に！

人も然《しか》り、眠れる者は、許多《あまた》居り、啄《つつ》けば、想わぬことが！

奥へ

朝、日輪が輝《て》り、暖気《だんき》が冱寒《モローズ》を弛《ゆる》め、朔風《さくふう》が春に抗《あらが》って吹く時には、森の奥へ分け入り、無風の森の草地《ポリャーナ》を見附け、そこで息を潜め、何が起こるか見届けること。

明日は山鴫獵

昨日、私は、日の射す森の草地《ポリャーナ》で、天候の変化に気附きました。歌鶫《うたつぐみ》が囀《さえず》り出すと同時に、春の赭《あか》い塵埃《じんあい》の中から、山黄蝶《やまきちょう》が舞い立ちました。私が森を出る時には、西風が踟《ため》らい勝ちに吹き、その後、北風に変わり、夕方まで、凡《すべ》てがそんなふうに搖蕩《たゆた》うのでした。風は、最後に西から暖気《だんき》を吹き掛けて、歇《や》みました。

日輪は、日の沒《い》りの半時間前に、漠《ひろ》く濃く平らな青い帯の中へ沈みました。私は、帰宅すると、山鴫《やましぎ》用の銃弾を籠《こ》めました。山鴫獵は、極《き》まって白樺の樹液の動きと共に始まります。明日は、試《ため》しに附けた刻《きざ》み目から滴《したた》り出すでしょう。

今日は、朝から凡てが順調な辷《すべ》り出し。夜の冱寒《モローズ》は無し、空は一面鼠《ねず》色、遠方は灰青色、もう怎《ど》う轉《ころ》んでも大丈夫、雨が降るも可《よ》し、日が輝《て》れば輝ったで、ぽかぽかの陽気に。

気温は、十二度、私の畠の最後の雪も、消えゆきますが、降雪前の冬に深く凍った地面は、未《ま》だ融けず、湯気を颺《あ》げず、犬も、日溜まりの枯れ草の上に寝臥《ねそべ》ってから、身を起こします。

裸の幹

今日は、黄金の朝、弱い冱寒は、完《まった》き静寂に裹《つつ》まれ、動きの軽さや思惟の独立など、好《よ》いものだけを齎《もたら》しました。何と！　山鴫《やましぎ》の獵場では、菩提樹《リーパ》がどんな風《ふう》に私を迎えたことでしょう！

それらは、自分の言葉で、何かを私に告げ、私は、それに気附きながらも、言葉を見出だせません。それらは、白樺と同じようにもう樹液を含みながらも、葉は無く、黒い裸の幹が仡《た》ち、こう語っていました、もっともっと喬《たか》くなろう……

森の奥のものほど、生い茂ろう、喬くなろうとします。それらが語りたかったのは、正《まさ》にこのこと。

深山鴉

朝な朝な、夥《おびただ》しい深山鴉《みやまがらす》が、川を瞰《みお》ろす私の土地を逍遙《ぶらつ》き、細い脚に毛羽立った幅広の洋袴《ズボン》を穿《は》いて、荐《しき》りに頭を下げながら、家の直ぐ傍《そば》まで近寄りさえします。

黒い毛が虹色に光る一羽の牡《おす》の粧《めか》し屋は、群れの中を逍遙いて牝《めす》の粧し屋に出逢うと、丅《お》ろした翼の尖《さき》で地面を引っ抓《か》きながら、自己流の屈膝礼《レヴェランス》の姿勢で、牝の周圍《まわり》を一巡り。

大水の後

霽《は》れて寒く、風が有ります。私は、朝餐《あさげ》の前に森を一歩き。未《ま》だ雪は多く、歩くのも一苦労。けれども、山鴫《やましぎ》の啼《な》く大きな森の草地《ポリャーナ》は、雪が悉《すっか》り消え、楢《ドゥーブ》の葉も乾き、風が葉と戯れています。

その森の草地には、立派な楢が有ります。啄木鳥《けら》は、唐檜《とうひ》を攻め、低い處《ところ》を四方から抉《えぐ》りました。森の北端は、白く、南端は、青い水の中、雪の無い野は、泥濘《ぬかる》み、白樺は、滴《したた》る樹液に沾《ぬ》れています。

川では、一晝夜《いっちゅうや》で氷塊の連なりから薄汚れた小さな凸起だけが残り、それらを足で蹴れば、長い結晶となって碎《くだ》け散ります。

土龍《もぐら》は、仂《はたら》いています。けれども、森の端《はず》れでさえ、潴《みずたま》りの下の草が、未だ緑に染まりません。そして、地を蹈む足は、氷りを感じます。

四月の日

人に擬《ぎ》すれば、春の四月の日は、乙女《おとめ》が《諾《ダー》》と告げる日。自然も《諾《ダー》！》と告げ、それから緑が甦ります。

自然のその日は、人間のその日と同様、魁《おお》いなる能《ちから》に盈《み》ち、攫《つか》める處《ところ》が有れば、大地を覆《くつがえ》せます。

気の弱い恂々《びくびく》した少年が、何か訊ねました。乙女は、何も応えず、ただ深く頭《こうべ》を低《た》れました。彼が、もっと恂々して訊ねると、彼女は、もっと深く頭を低れました。そして、彼が、竟《つい》に己《おのれ》に打ち剋《か》ち、相手の肩に手を置き、相手の方へ身を屈《かが》め、更に何か唖《ささや》くと、彼女は、赧《あか》らんだ面《おもて》を上げ、相手の首に抱き附きました。

四月のその一轉瞬《いってんしゅん》に、凡《すべ》てが、緑に染まり始め、私たちの今日は、その日であり、乙女が、誰かの首に抱き附き、それが、彼女の《諾《ダー》》なのでした。今日は、自然が、私たちに

《諾《ダー》!》と応え、周圍《まわり》の凡てが、緑に染まり始めました。

私が自分を通して解《かい》するかのように極《ご》く私的に自然を解するのは、駭《おどろ》くことではありません、私はそんなふうに過ごしてきて、自分にそんな経験が有りますから。駭くのは、私がこんな話しをすると、そんな経験のない人たちも私を解すること。

詰《つ》まり、問題は、私にではなく正《まさ》にそこに在り、その何かの上に全世界が彳《た》って動いており、全人間が一つの存在として祝典を挙げているのであり、私は、四月の日とその花嫁《はなよめ》である裸の森で花を裹《まと》う早咲きの柳の双方の、驚歎し歓喜する立ち会い人として、これを証《あか》しできます。

地の舞い

南面の川岸は、仄《ほんの》り緑に染まり、青い川の縁に、その緑が少し映りさえしました。

地面から颺《あ》がる湯気の爲《ため》に、空気は、健《すこ》やかな紅《べに》を潮《ちょう》し、対《むこ》う岸の緑の針葉樹林は、淡い青に。この貴重な湯気は、俗に地の舞い《ヴォスパレーニエ・ゼムリー》と呼ばれ、私も、稚《おさな》い頃から耳にしています。

感歎にも甦生にも復活にも驚歎にも凡《あら》ゆる春の恍惚や歓喜にも適応する、何と妙《たえ》なる言葉。けれども、何故《なぜ》、この俗語は、未《ま》だ文學の言葉として正式に認められないのでしょう？　春の歓喜を表す数々の認可済みの露西亜語の言葉と同様にこの我らが地の舞いをも認可し合法化することから、今年の私たちの人間の春を始める可《べ》きでは？

朝、この温かい湯気は、搾り立ての乳《ミルク》のように雫となって戻りましたが、迚《とて》も温かく迚も疎《まば》らなので、一つの雫が人の上に落ちても、次の雫を俟《ま》ち果《おお》せず、次の雫が来るまでに、気化します。一時間、二時間、三時間と同じ襯衣《ルバーシカ》で歩けば、帰宅する頃には乾いています。

牽引車《トラクター》が動き出し、私は、対う岸の燻《くす》んだ黄色い帯の中にそれを容易に見附けました。但《ただ》、深山鴉《みやまがらす》は、嘗《かつ》て犂《すき》に飛び鳩《あつ》まったのと全く同じように、牽引車に飛び鳩まりました。私には、彼らは、嘗ては犂の後ろを偉そうに身を搖すりながら悠然と歩いていました。今は、牽引車が匆々《さっさ》と進み、それらが當時は農夫を少し蔑視《みくだ》していたようにさえ想えます。深山鴉は、蠕蟲が隠れぬ内《うち》にとの下からは、犂の下からよりも澤山《たくさん》の蠕蟲《ぜんちゅう》が露《あらわ》れます。

大童《おおわらわ》、牽引車の後ろを歩くのではなく、飛び来たります。

深山鴉は、威厳《いげん》を失《な》くし、その代わり、農夫も、今では、犂《す》き路《みち》を鈍々《のろのろ》歩かず、馬を荐《しき》りに罵らず、席に腰掛けている、或いは、唱《うた》ってさえいるかも。

日輪と大地の出逢い

今日は、暑くなり、二十度に。今日は、何ものにも迾《さえぎ》られずに大地が日輪と出逢った、最初の日。


暮れ合いは、曇然《どんより》。日輪は、温かい黒雲の中へ沒《しず》みました。山鴫獵《やましぎ》では、最初の丸花蜂《まるはなばち》に見《まみ》えましたが、余りにも閑《しず》かで、翅音《はおと》が伐採地《ヴィールプカ》全體《ぜんたい》に響いたほど。最初の紅花翁草《アネモネ》、紫の花が、咲き初《そ》めました。蝦夷上溝桜《チェリョームハ》や紫丁香花《リラ》が、芽を吹きました。潴《みずたま》りは、一斉に生える勁《つよ》い碧草《へきそう》に覆われ始めました。路傍《みちばた》は、緑に染まり、穀物の嫩芽《わかめ》も、けざやかに。

夜、温かい露のような微雨《びう》が降り、朝まで蕭々《しとしと》。

昼《ひる》ぎ、空が翳《かげ》り、一面雲に覆われました。雨が、芽を沐《あら》い冽《きよ》めます。

時の主

川は、岸の内《うち》。森では、小道が仄《ほんの》り緑に染まり、至る處《ところ》で、潴《みずたま》りが見ています、夕間《ゆうま》暮《ぐ》れの眸《ひとみ》のように。峡谷《ローグ》には、踞《しゃが》んだ野兎のような雪の塊《かたま》り、私の心臓は、搏《う》っていますが、私には、野兎が耳を孕《うご》かしているように想われます。みんなが、私に目を凝《こ》らし、私は、みんなを感じ、そればかりか！　何やら昵《なじ》みの有るものが感じられ、《迅《はや》く解《わか》れ！でないと、次はもう無し》と云う内なる聲が聞こえます。

それで、白楊《はこやなぎ》の緑掛かった幹と云う幹が、足許《あしもと》の葉を強く匂わせているのです。白い野兎も、同じことを私に告げます。《さぁ、見て、気附け、でないと、直《ぢき》に融け、白い野兎はもう拝めず、森には灰毛《はいげ》の野兎ばかりに》と。

裸木《はだかぎ》の上の鶫《つぐみ》も、同じことを私に囀《さえず》り、永遠は過ぎゆくものの、生ける人間の私には、この春にその永遠からより多くのものを攫《つか》んでその富を手に自分の時の主《あるじ》として善《よ》き人を目指す必要が有る、と云う意味のことを囀ります。

すると、大いなる思惟が、私を囚《とら》えました。時は過ぎゆくものの、私は、時の主として、二条《ふたすぢ》の伐開線《プローセカ》が交わる森の柱の傍《かたえ》に彳《た》ち、時から最も大切なものを択《えら》び、それは、永遠に私と共に残る……

けれども、その時、こちらへ飛んで来る山鴫《やましぎ》の耳馴れた音がしました。私が銃を颯《さ》っと持ち上げると、凡《すべ》ての潴りが眸を閉じ、凡ての野兎が跳び去り、鶇が口を噤《つぐ》み、私の謎や富を蔵する凡ての櫃《ひつ》がぱたんと閇《し》まりました……。幾ら考えても、詮無《せんな》いこと！

屹度《きっと》、誰人《たれびと》も、創造の極北を目指しつつ、自己の成果の凡ての蹈み段《ステップ》とおさらばし、極北を目指しつつ、至幸への遙《なが》く艱《けわ》しい階梯《きざはし》を最後の一歩で無残無残《むざむざ》と抛《なげう》ってしまうのです。

鴫の帰途

山鴫《やましぎ》の帰途《かえり》、二つの森に夾《はさ》まれた野を渡る時、空には、新月が懸《か》かり、その下の空は、森と森の間に靉《たなび》く雲の黒い線で、新月の弋《う》かぶ上の方と、誰にも見えぬ私と愛犬が軟らかな土を蹈《ふ》む下の方の、二つに劃《わ》かたれていました。

雪融けの軟らかな土は、私の體内《たいない》に続いており、私自身は、自分の爲《ため》に何も欲せず何もできず、足さえ動けばそれで可《よ》く、もしも私を囚《とら》えて何か爲《し》て呉れる者が在れば、私は、土が春の温気《うんき》と湯気を今喜んでいるように、喜んだことでしょう。

初花

初花《はつはな》は、何時何處《いつどこ》に、そんなことは、怎《ど》うでも可《よ》し、一番大事なのは、私がそれをどのように目にし、この春に自分の最初の目がどんな花を捉えるか。昨日、濃い光《ビーム》の束と太く毛深い茎を具《そな》えた日輪に肖《そっく》りのあの黄色い花が、咲き初《そ》めました。今日、小さな金魚草《きんぎょそう》の紫丁香花《リラ》色の花序《かじょ》が、現れました。

昃《ひるす》ぎ、細かい温かな地雨《ぢあめ》が降り出し、明日、その爲《ため》に凡《すべ》てが活《い》き復《かえ》ります。

咲き初《そ》め

花咲く胡桃《くるみ》と赤楊《はんのき》は、風景に占める首位の坐を、早咲きの柳に遜《ゆず》りました。菫《すみれ》や紅花翁草《アネモネ》や西洋鬼縛《せいようおにしばり》が、花を咲かせます。

森の小道では、蛙が一疋《いっぴき》、物想わしげに踞《しゃが》んでいました。紫丁香花《リラ》や蝦夷上溝桜《チェリョームハ》が、咲き誇ります。

潴《みずたま》りや小道や氾濫原《ポーイマ》は、緑に染まり、犂《す》かれるものは、凡《すべ》て黝《くろ》ずみ、緑に染まる白詰め草《クローヴァー》が去年の消し炭色の刈り跡から現れ始めた處《ところ》は、秀《ほ》が未《ま》だ熟さずに緑懸《が》かっている頃の黒麦畠《ライ》さながら。

蝦夷上溝桜

蝦夷上溝桜《チェリョームハ》の芽が尖《とが》った槍を想わせるのは、何故《なぜ》？　もしかすると、蝦夷上溝桜が、自分が手折《たお》られたことを冬眠中の夢で想い出し、こんな繰り言を云っていたから。《昨春に人が私を手折ったことを、忘れまじ、宥《ゆる》すまじ！》

春の今、何かの小鳥さえも、小鳥の言葉でこう繰り復《かえ》し、蝦夷上溝桜の記憶を揺すります。《忘れまじ、宥すまじ！》

こんな訣《わけ》で、蝦夷上溝桜は、冬眠から覚めるや、爲事《しごと》に掛かり、人を刺す無数の鋭い槍を旺《さか》んに砥《と》いでいたのかも。昨日の微雨《びう》の後、槍は、緑に染まりました。

《槍《ピーキ》、槍！》可愛い小鳥は、人に警告。

けれども、白い槍は、緑に染まるにつれて徐々に鈍《なま》りました。それから先は、周知の通り、蝦夷上溝桜の槍から小さな莟《つぼみ》が、小さな莟から郁《かぐわ》しい葩《はな》が、現れます。

早起き鳥は、卵を抱いて、口を噤《つぐ》みます。

その後、小夜《さよ》啼き鳥が、飛んで来て、囀《さえず》り始めます。恐らく、正《まさ》にこの若者の爲《ため》に、蝦夷上溝桜は、《忘れまじ、宥すまじ！》との自身の誓いを失念します。そして、心根《こゝろね》の優しさ故《ゆえ》に、亦《また》、手折られてしまうのです。

朝寒

清《さや》かな朝が、一斉に目覚め、烟《けむ》りが、元気に颺《あ》がり、鶺鴒《せきれい》の小さな頭が、窗閾《まどじきい》越しに私の室《へや》を覗き、星椋鳥《ほしむくどり》が、折れた菩提樹《リーパ》の上で囀《さえず》り、五十雀《ごじゅうから》が、幹の上を鼠《ねずみ》のように駈け廻ります。

みんなを活《い》き活きさせる、弱い朝寒《あささむ》。

白樺

少年の頃には、春を俟《ま》ち焦がれ、俟ち切れぬ余り、切り傷を附けて枯らし、白樺を散々な目に遭わせてしまいました。

樹液が動き出したことは、切り傷を附けなくとも判ります。足許《あしもと》の古葉《ふるは》がさらさら鳴り、色んな小枝が赤らみ、猫柳《ヴェールバ》が葩《はな》を附け、色んな樹の皮が馥《かお》り出したら、もう樹液の動きは有り、白樺を害《そこな》うまでもないのです。

けれども、後の祭禮《まつり》、今、手負いの白樺が、ここかしこで啾《な》いています。

不安げな日輪

日輪は、その時その時で、その土地その土地で、表情が異なります。雲一つ無い晴天でも、日輪は、不安げだったり、冽《つめ》たかったり、赤くなく黄や他の色だったりし、日影《ひかげ》も、色々。
今日の日輪は、何やら不安げで、牡鶏《おんどり》が噪《さわ》ぎ立てるほど。

小道が緑に

森の南の縁の邊《あた》りでは、小道が仄《ほんの》り緑に染まり、誰が来ても、直ぐに気附いて、《小道が緑に、染まりゆく》と云いましょう。そこで生まれるものは、何と多く、凡《すべ》ての歓びを容れるには、私の心は、何と小さい。
今日、私が、我を忘れて、《我が友よ、小道が緑に、染まりゆく！》とみんなの爲《ため》に誌《しる》すのも、正《まさ》にその爲。

黒雲の下から

黒雲の下から、風と晷《ひかげ》が、迸《ほとばし》り、共に森を目指し、晷は、展《ひら》き、風は、搖らし、森は、噪《さわ》ぎます。

芽吹き

美は、氾《あふ》れる川のように人々の前に展《ひら》かれる時、美に。けれども、私たちから隠されているとしたら、何の美、そんな美は、私たちには無縁。

昨日、接骨木《にわとこ》の太い芽が、綻《ほころ》びましたが、今日、それは、芽ではなく、暗赤色の托葉《たくよう》を裹《まと》った緑の粥《かゆ》さながら。蝦夷上溝桜《チェリョームハ》は、錐《きり》状に尖《とが》った緑の芽を出し、遠目には貯古齢糖《チョコレート》色に見える白樺の芽も、もう緑の尾を生やしているかも。

上を見れば、濶葉樹《かつようじゅ》の天邊《てっぺん》まで、下を見れば、下生《したば》えの根元や地面摩《す》れ摩《す》れまで、旺《さか》んに芽吹いており、木株に一寸《ちょっと》腰掛ければ、変化を目の當たりに。

春は急ぐ

白《あき》らかに、自然に何かの変化が起きようとしており、昨日は、朝から何となく曇然《どんより》し、今日は、朝から空が斑《はだら》な雲に覆われ、野天《のてん》で手帖に誌《しる》せるほど疎《まば》らな微雨《びう》さえ降りました。

樹々の芽吹きは、実に迅《すみ》やか、二時間ほどして戻って来れば、屹度《きっと》、何かの変化が。

川は、迚《とて》も急ぎ、急流は、周圍《まわり》の水を廻して渦を造《こさ》えます。

けれども、川は、そんな渦にはお構い無しに、澹々《たんたん》と水を漕《はこ》び、渦は、少し前に流れた氷塊と同じように、くるくる廻りながら水と共に流れます。

湧き出づる歓喜

妙《たえ》なる朝、至る處《ところ》で燦《きら》めく草露《そうろ》。人々は、木苺《マリーナ》や苹果《りんご》の樹の周圍《まわり》を掘ったり、木苺の爲《ため》の棒を伐《き》ったり、車庫や工具の掃除や整理をしたり。

けれども、私は、自己の形象か思想を記録することに依って躬《みづか》ら凡《すべ》てに応えなければ、春のどんな彩りや歓びにも満ち足りません。

私の裡《うち》でそんな何かが生じるなら、歓喜も湧き出《い》でます。

澂んだ空の下

昨夕は、十二度まで、今朝は、六度まで、気温が降下。その代わり、空は、澂《す》み亙《わた》り、日影《ひかげ》が、森へ射し、露が、草に降《お》り、露とは無縁な處《ところ》でも、針葉樹の皮を洩れる脂《やに》の雫が、清《さや》かに燦《きら》めき出しました。

白樺は、緑に烟《けむ》り、樹冠は、もう中が見えぬほど茂り、嘴細鴉《はしぼそがらす》が緑に埋もれたら、直ぐには識別《みわ》けられません。

檜

朝から、曇り気味、風が噪《さわ》ぎます。五月を憂《うれ》えていたものの、凡《すべ》て、恙無《つつが》し、晝《ひる》が、耀き出し、周圍《まわり》の凡てが、緑に染まり始め、遠くの黒い針葉樹林が、白樺の緑で白っぽくなりました。

胡桃《くるみ》が、芽を吹いています。壁紙の釘の頭ほどの緑の小鳥が、澤山《たくさん》、とは云え、疎《まば》らに、細枝《しもと》に留《と》まり、羽を大きく展《ひろ》げています。

《さぁ、翔《と》んで、翔んで！》風は、彼らを急《せ》き立てます。けれども、葉の方は、警鐘が未《ま》だ呑み込めず、暢気《のんき》に留まった儘《まま》、無邪気に駭《おどろ》いているばかり。

白樺林では、乙女《おとめ》たちの宴《うたげ》。

楢《なら》は、地と天の花を、緑に染まる小道を、胡桃の黄金の花穂《かすい》を、春と名の附く一切を、信じていません。未だ光りの春の頃《ヴェスナー・スヴェータ》、それは、白い雪に青い影を印《いん》しました。今、その古葉《ふるは》が、融けた雪の下から露《あらわ》れ、その節榑《ふしくれ》立った骨骼が、その葉の上に黒い影を落とします。そう、楢《ドゥーブ》は、春を全く信じていないのです。

そして、その古葉の下から碧草《へきそう》や花々が現れるまで、自然界では更に幾多の奇蹟が爲《な》され、老樹は、歓ぶ春の花々の中に自身の影を葬り、躬《みづか》ら芽吹き始めます。その時、この地の気候では、自然が、楢の芽吹きの業《わざ》を擔《にな》い、躬《みづか》ら冷えていきます。

「何だか寒い！」友人たちが、口を揃えます。

すると、別の友人たちが、応えます。

「楢の芽吹き！」

五月の前の朝

五月の前の妙《たえ》なる朝。草も樹も、何も彼《か》も、緑に染まります、留《と》まる鳥が隠れるほど濃く芽吹いた白樺の貯古齢糖《チョコレート》色の地平で。そのように、凡《すべ》ては、律《のり》に則して歩みます。光りの三月、水の四月、色の五月。

裸の森、白樺の樹皮や樹液の匂い。柳の最初の緑が、仄《ほの》かに烟《けむ》り、穀物の嫩芽《わかめ》が、活《い》き復《かえ》り、森の小道も、けざやかに。今日は、郭公《ククーシカ》と甲蟲《こうちゅう》の初音《はつね》。

私は、郭公の初啼《はつな》きを耳にしましたが、もうその聲で自分の余命を卜《うらな》わず、爲事《しごと》を畢《お》えることだけが、私の希《ねが》い。

帰途、黝《くろ》ずんだ樹々の間に、白樺の簇《むら》がる草地を見附け、私は、白樺に見《まみ》えました。

それらは、未《ま》だ一絲《いっし》裹《まと》わぬものの、匂うほど樹液に盈《み》ちていますが、それらが生きていると告げるのは、匂いではなく、私には、それが何か判りませんが、人は、それらを見るとこう感じます、生きている！

佳賓の集い

祝日、それは、各家での佳賓《まろうど》の集《つど》い。五月一日《メーデー》、それは、特に自然に於《お》いても、佳賓の祝日。幾百萬幾千萬の佳賓の。

日溜まり

夜は、気温が氷點下。煖爐《ペーチカ》を焚きました。空は、明るい土の耕地さながら、私たちの耕地には、黒っぽい遣《や》り残し、明るい土には、青い光りの条《すぢ》。

昨日、森の中の喬《たか》い白樺と若い白樺の壁の間の日の當たる伐開線《プローセカ》は、日溜まりとなり、実に閑《しず》かでした。凡《すべ》ての白樺が、目の前で動いて伸びており、動かぬ自分が、迚《とて》も奇異に感じられました。

脂《やに》のように燦《きら》めく郁《かぐわ》しい鮮緑色の一葉《ひとは》に、碧緑《あおみどり》の玉蟲色の小さな甲蟲《こうちゅう》が、凝《ぢ》っと留《と》まっていました。私は、大将を指で撥《はじ》き、枝を手繰《たぐ》り、面《おもて》を臥せて、馥《かお》りを吸いました。何も彼《か》も、美《よ》いのでしたが、私は、何かに駭《おどろ》き、念《おも》いを断ち、家路を急ぎました。

喪失と歓喜

この春の歓喜の中で、頭《こうべ》を低《た》れて木株に坐っていると、羽の白い何かの鳥が飛び来たり、それと同時に、何かの喪失が私の心を過《よぎ》りましたが、さほど疼《いた》みは無く、どんな喪失か想い出せませんでした。

それでも、私は、この莫迦《ばか》げた感情が形を成すように力《つと》め、それと同時に、自分が識《し》っている凡《すべ》ての鳥を次々と想い泛《う》かべながら、尚《なお》も羽の白い鳥のことを想っていました。帰宅後、窓《まど》から烏鵲《かささぎ》を目にし、羽の白い鳥は烏鵲だったと判りました。

とは云え、どんな喪失が私の歓喜を過ったかは、竟《つい》に判らず了《じま》い……

夜の気温は、毫《わず》か二度。荘《おごそ》かな朝、そんな朝なら、五月の寒さも、どんな寒さも、喜んで耐えられましょう。

五月　晩春

露玉

森の小道で、銃剣のような犀《するど》い尖《さき》が去年の土と黄色い瓦楽苦多《がらくた》の間を縫って空と日輪へ道を架ける一本の碧草《へきそう》の上に、その銃剣の上に、露玉《つゆだま》を見附けました。

西比利亜の風

昨日は、もう悉《すっか》り暖かくなりそうでしたが、西比利亜《シベリヤ》の風が吹き、白昼《はくちゅう》に冷え込み、夜は零度前後。

苹果《りんご》は、未《ま》だ花を開かず、沍寒《モローズ》の被害もなさそうですが、蝦夷上溝桜《チェリョームハ》は、沍寒が有ろうと無かろうと、手折《たお》られる宿命《さだめ》。

青い窗

さほど暑くない、妙《たえ》なる五月の日々、ゴーリキイ街では、菩提樹《リーパ》が、緑に染まり始め、小路《こうじ》のどの破屋《あばらや》の傍《かたえ》でも、何かの樹の枝が、緑に染まり始め、何處《どこ》かそれと似た人の心裡の閃《ひらめ》きが、枝々に重なります。

空気は、温かな湯気に盈《み》ち、空は、隠れ、東の方だけ、二重《ふたえ》三重《みえ》の帷《とばり》を貫いて、清《さや》かな青い窗《まど》が穿《うが》たれます。我が家の内《うち》と周圍《まわり》の凡《すべ》ては、さながら創世記の第六日。造物主は、周圍の凡てを打ち眺め、宣《のたま》います。

「吾《われ》は、適《あっぱ》れ。凡て、美《よ》し！」

韶しき針葉樹林

韶《うつく》しき針葉樹林は、《くくぅ》（訳註、郭公《ククーシカ》の聲）が打音を想わせるほどの閑《しず》けさ、それを聴きつつ針葉樹の壁を仰ぎ見ると、林の中が悉《すっか》り見えるほど透けた緑衣を裹《まと》う白樺が、黯《くら》い壁に映ります、《くくぅ》の度毎《たびごと》に。

最初の《くくぅ》で、白樺が現れ、次の《くくぅ》で、次の白樺が現れますが、最初の白樺は、その儘《まま》。すると、人は、《我が余命《よめい》は、幾許《いくばく》？》と卜《うらな》いながら《くくぅ》を算《かぞ》えるのを歇《や》めます、算えるまでも無し！ すると、人は、黯い針葉樹林から優しい緑の装《よそお》いで現れる妙《たえ》なる白樺を算え始めます。

追憶の馥り

花や樹皮や去年の葉の馥《かお》りを吸う時には、何時《いつ》も、追憶のようなものに心を攪《みだ》されます。けれども、能《よ》く識《し》ってはいても名前が出て来ず関係も曖昧《あやふや》な人と見《まみ》える時のように追憶を促すものが、その馥りに露《あらわ》れることも。

こうした追憶の馥りは、凡《すべ》て幼年時代と結び附いており、そうした馥りと最初に出遇った時に、何かが生じていたのです。もしかすると、私たちの意識は、凡てこの幼少期の素材で形造られ、無意識に生きていた時の儘《まま》なのかも。

私の識る凡て、凡てこれは、誰にも在ったことであり、新しいのは、私が過去を意識して凡ての人の意識にそれを開示していると云うことのみ。

発見

清《さや》かな日影《ひかげ》が、闇《くら》い森へ射し込み、未明に蜘蛛が小さい花楸《ななかまど》の樹冠の嫩葉《わかば》から若い樒《ドゥーブ》へ光る道を敷いたのを見附けました。

そんな日輪は、そんな日影は、唐檜《とうひ》の濃く暗い緑さえも貫き、そこの蓁《しげ》みでは、樹液に沾《ぬ》れた白樺の伐《き》り株が、鏡のように閃《ひらめ》きました。

雨後

ぐんと暖かくなり、雨が降りました。終日、暖かく、私たちは、寒さは過ぎ去り小夜啼《さよな》き鳥が啼き初《そ》めるものと想っていました。けれども、夕方、雨が歇《や》むと、空一面が雲に覆われ、寒の戻り。

それでも、周匝《あたり》の空気には、脂《やに》を含む葉の馥《かお》りが沁み込んでいます。菩提樹《リーパ》が、竟《つい》に燦《きら》めく葉を擡《もた》げて展《ひら》きました。楢《ドゥーブ》も、未《ま》だ茶色い葉を展きます。蝦夷上溝桜《チェリョームハ》の葩《はな》が散り、蜜の匂い。

郭公

時折り、森の道で樹に出逢うと、その上で郭公《ククーシカ》が尾を立てて《くくぅ》と云う平生《いつも》の聲で啼《な》いていることが有ります。けれども、それは、真の私たちの神秘の郭公ではありません。

それは、幾ら希《のぞ》んでも至れないと判っている何処《どこ》か遐《とお》い處《ところ》で、何時《いつ》も《くくぅ》と啼くのです！　清《さや》かな五月の光りが菩提樹《リーパ》の幼木の淆《ま》じる闇《くら》い針葉樹林へ射し、影が黝《くろ》ずみ、綻《ほころ》んだものの展《ひら》き切らない若い菩提樹の瑰《おお》きな芽が光りに耀《かゞや》く時、極《き》まって《くくぅ》が聞こえます。

假令《たとえ》、この春に郭公が飛んで来ず、この鳥が渡りの途上で亡《ほろ》びようと、同じこと！　必ず、自身の心が、郭公と化し、《くくぅ》と啼き出します。

五月の甲蟲

伐開線《プローセカ》を升《のぼ》っていくと、前方の小山の樹間が濛靄《もや》っているのが見えますが、これは、地中に深く沁み込んだ温かい雷雨が気化し始めた爲《ため》。搾り立ての乳《ミルク》のように温かいその湯気は、朝には温かい雫となって戻ってくるのでした。

頃日《けいじつ》（ここ三日）、毎晩、五月の甲蟲《こうちゅう》が、川から群れ飛んでいました。それは、何處《どこ》に居たのやら？

縁より

啄木鳥《けら》は、天邊《てっぺん》の折れた古《ふ》りし菩提樹《リーパ》に穴を開け、上の穴には、星椋鳥《ほしむくどり》、中の穴には、五十雀《ごじゅうから》、下の穴には、欧羅巴駒鳥《ヨーロッパこまどり》が、栖《す》まいました。深山鴉《みやまがらす》は、巣で育ちます。松の芽の固く閉じた指は、展《ひら》かれて三本立ての燭臺《しょくだい》に。凡《すべ》てが、咲《え》まいます。周匝《あたり》は、凡てが華やか、凡てが饒《ゆた》か、なので、私の心の素焼きの水差しに収まらず、みんな、縁《ふち》より氾《あふ》れます。

菫

連日、雷雨、降雨、炎暑、閃光、草は伸び、花は咲き、もう、森には、鈴蘭《すずらん》、庭には、紫丁香花《リラ》。

針葉樹の林では、淡い青の菫《すみれ》が、西洋酸木《せいようすのき》の低木の《常なる》緑の中に、居場處《いばしょ》を見附けました。

古葉

私は、森の小道を打ち眺め、刷毛《はけ》のような碧草《へきそう》が古葉《ふるは》を隠して肥《こえ》のように取り込むのに見惚《みと》れます。

すると、私自身の中で、私の心の器《うつわ》で、歓びが、酒のように湧き上がり、その私の酒が、凡《あら》ゆる悪を自分の裡《うち》に匿《かく》しつつ、全身に氾《あふ》れます。

運轉中に

昨日は、驟雨《しゅうう》が降り、日輪が覗きました。車を運轉中に、松の林へ目を向けると、花咲く蝦夷上溝桜《チェリョームハ》が、森の端にずらり。
誰かが、私の肱《ひじ》に觸れて、こう囁《ささや》いたかのよう、《ほら！》

五月の花娵

五月の花娵《はなよめ》、白無垢《しろむく》の郁《かぐわ》しい蝦夷上溝桜《チェリョームハ》が、黒い唐檜《とうひ》の間に彳《た》っています。この麗人は、何処《どこ》にでも居り、自分の爲《ため》に、何も恪《お》しまず、蓄《たくわ》えません。

「手折《たお》りなさい、手折りなさい、――それは、告げます。――伸《の》るか、反《そ》るか！」

鈴蘭

余りにも真っ直ぐに正しく公然と光り耀いて対象を見ることができるので、自《おの》づと日輪に消《に》てくる、そんな生物が在ります。日輪のような花を有《も》つそんな陽性の植物は、枚挙《まいきょ》に遑《いとま》が有りません。

けれども、夢想家のような花も在り、それらは、勿論、日輪を感じるものの決して見ることはなく、それらの花の風《すがた》は、さながら光りと影の渉《かか》わりの結実。ご覧あれ、鈴蘭《すずらん》を……

木戸の小夜啼き鳥

夜は、五月の冷えが続くものの、風が吹いて朝光《あさかげ》が射すと、それらの日々を忘れ得ぬ想い出に変える自然の祝典の、幕開け。一羽の小夜啼《さよな》き鳥は、矢も盾も堪《たま》らず、木戸に留《と》まり、今にも囀《さえず》り始めそう。

緑

緑の羊歯《しだ》が、自身の輪から、脱《ぬ》け出ました、如何《いか》にも羊歯らしく。日毎に升《のぼ》る日輪も、黄色と云われながら、能《よ》く見ると凡《すべ》て異なり、赤いことさえも。嫩《わか》い羊歯も、勿論、緑は緑ながら、何と云う緑！

邂逅《かいこう》

蝶と蝶は、出逢い、相識《あいし》り、舞い立ち、縺《もつ》れて花の上を旋《めぐ》り、森の上に達して風に何処《どこ》かへ運ばれるまで、穹《たか》く穹く舞い颺《あ》がります。けれども、そんな出逢いは、どんなに罕《まれ》！森の生き物は、総じて、何故《なぜ》か相識らず、何と多くの相識らぬ枝が、白樺が若い唐檜《とうひ》を枝で搏《う》つように、終日《ひねもす》、首を掉《ふ》り手を振っていることでしょう。

私たちも、消《そっく》り、森を行く時には、探し索《もと》め、心の裡《うち》で俟《ま》ち続けます、私たちの心が出逢う時を……

落暉《らっき》

日輪は、態《わざ》と全身を隠さず、隻眼《せきがん》を残して独り言《ご》ちます。《一寸俟《ちょっとま》ち、私の居ない暮らし振りを、せめて片目で窺《のぞ》くとしよう》

朝

朝が、亦《また》、霧の中で生まれ、華やかに耀《かゞや》き出しました。唐檜《とうひ》は、甦り、松は、蠟燭を立てました。
鴉《からす》が、何やら不安げに啼《な》いています。軽躁行爲《おっちょこちょい》の雛が、巣から飛び出したのでは？

蝦夷上溝桜《チェリヨームハ》は、花を咲かせ、鈴蘭《すずらん》は、蕾《つぼみ》を附けています。
周匝《あたり》では、みんなが、急ぎ、欣《よろこ》び、迦《さえぎ》り合い、言い争い、四散して森に氾《あふ》れます。《みんなに不満》と云うお隣りさん遊戯《ごっこ》みたいに。

犬の足《ラープキ・ソバーチイ》

それは、松の樹の下の緑の苔の上の白い小《ちっ》ちゃな花、足には、九本か十本かそれより多いか寡《すく》ない指、幾つもの足が、寄り添って白樺の樹の下の緑の苔の上に展《ひろ》がりました、白い頭巾《プラトーク》さながらに。

小径

植物の役に立つ、人の足下《そっか》の塵《ちり》は、常に小径の傍《かたえ》に在り、正《まさ》にそれ故《ゆえ》、緑の針が潴《みずたま》りさえ貫かず元気な冬麦畠《ふゆむぎ》が未《ま》だ何かの赭《あか》い樹皮の繊維や黴《かび》に手を焼く浅春《せんしゅん》でも、肥《こえ》となる人の足下の塵に扶《たす》けられた小径の傍では、最初の草が、鮮やかな緑に染まるのです。

蒲公英

草地では、未《ま》だ至る處《ところ》で黄色い葩《はな》が咲き乱れていますが、ほどなく、六月には、それらが、あの美事な蒲公英《たんぽぽ》、白い翼を有《も》つ黝《くろ》ずんだ種子の簇《あつ》まる球に。

幾千ないし幾百萬の童子《わらべ》が、風がそれを吹き飛ばすのを扶《たす》け、幾多の老人が、それを目にして稚《おさな》き日を懐かしむことでしょう。私は、蒲公英よりも體《からだ》が小さくて長い奇妙な嘴《くちばし》を有つ鳥、田鴫《たしぎ》の雛が、蒲公英と共に沼に現れたのを、想い出します。すると、田鴫の雛を趁《お》う獵犬の苛《きび》しい仕込みが、間を措《お》かずに始まるのでした。

六月　初夏

深山鴉

雛は、もう充分に飛び廻ったり餌を獲ったりできそうですが、未経験。體《からだ》は充分に大きく嘴《くちばし》は白くなく黒い深山鴉《みやまがらす》は、唐檜《とうひ》の奥に聢《しっか》りと身を潜め、親が、彼らに終日《ひねもす》餌を運びます。親にとって、最も手の掛かる季《とき》！

姫紫と杜松

華やかで麗わしい姫紫《ひめむらさき》が、節だらけで不細工な杜松《ねず》の間を縫って、明るい處《ところ》で花を咲かせました。まるで杜松の花が咲いたかのよう！

或る行人《こうじん》も、そう想い、甚《いた》く駭《おどろ》き、こう云いました。《こんなことが有るとは、こんなに不細工でこんなに節だらけなのに、この時季には一番綺麗に花を咲かせる。こんなことが有るとは！》

《有る、有る！》姫紫の上の丸花蜂《まるはなばち》たちが、低音《バス》で応えました。杜松は、勿論、沈黙《だんまり》。

名無し花

宝石職人が、珠玉《しゅぎょく》を一つ一つ嵌め込む爲《ため》の石坐《いしざ》を据えたように、白い五辨の小葩《こばな》が、花《か》序《じょ》を成すことが有ります。

けれども、夏季には、珠玉の代わりに、露玉《つゆだま》が、一つ一つの石坐を占め、露玉も、珠玉のように、日影《ひかげ》を享《う》けて、虹色に閃《ひらめ》きます。

野薔薇

別荘《ダーチャ》暮らしを始めた夫婦は、荐《しき》りに鬩《せめ》ぎ合い、夫は、森を戍《まも》り、妻は、苺《ベリー》や蔬菜の爲《ため》の土地を擴《ひろ》げたがります。こうした諍《いさか》いは、成敗《せいはい》は兎《と》も角《かく》、殆んどの夫婦に見られます。

私の知り合いの處《ところ》では、蔭の濃い巨木に成長を抑えられた野薔薇の大きな低木を繞《めぐ》って、諍いが。樹々を繞る諍いでは、初めは女性が優勢で、樹々が伐《き》られました。そこで、夫は、野薔薇を死守し、剋《か》ちました。すると、その別荘で、奇蹟に近いことが。成長を抑えられた野薔薇の低木は、日向《ひなた》に出ると九月に開花して冱寒《モローズ》の頃まで咲いているのでした。

それから数年を閲《けみ》し、主人たちは、庭を見せてと云われると、生い茂る野薔薇の低木をいの一番に示し、その木が蔭から出ると九月に開花して冱寒の頃まで咲き誇っていた話しをします。

鶺鴒

森の中に、新しい区劃柱《くかくちゅう》が在り、その傍《かたわ》らに、傷《いた》んで朽《く》ちて昆蟲に喰われた旧い区劃柱が佇《たお》れています。森の新しい柱には、三つの面が有り、そこには、三つの異なる数字。どの伐開線《プローセカ》でも、そこを横切る動物は、直ぐに柱に気附き、鶺鴒《せきれい》がその天邊《てっぺん》に留《と》まらぬ内《うち》は、跳び退《の》きます。

動物たちは、鶺鴒が尾を掉《ふ》って人界《にんかい》からの新たな使者の兀《は》げ頭へ糞《まり》を落とすのを目にすると、徐々に馴れました。柱が彳《た》っていようと、風馬牛《ふうばぎゅう》！

雨の前

雨の前の森の、何と云う閑《しず》けさ、雨の最初の雫を俟《ま》つ、何と云う空気の張り！　どの葉も、どの針葉も、一種独特の佇《たたず》まい。見ると、そんな葉は他になくそんな針葉は他にないことが判り、それと同時に、個性的なそれらが似通ったことをするのが判ります。

辨慶草《べんけいそう》と云う小さな草は、自分がより美《よ》く映るように、木株へ匍《は》い上がりさえしました！

私も、仲間に加わると、それらは、表情がみんな人のようで、皃《かお》を私へ向けて雨を乞います。

それが、この私に懸《か》かっているかのように！

「さぁ、爺さん、――私は、験《ため》しに雨に云いました。――私たちを焦《じ》らさずに、降り出して！」

すると、雨が聆《き》いて呉れたのか、事が上手《うま》く運んだのか、雨が。

森の草地

森の草地《ポリャーナ》を通る廃《すた》れた道には、子供の頃にそれで當てっこをした草が、離々《りり》と茂ってい
ました。握《にぎ》り拳《こぶし》で茎を扱《しご》き、端が丸い束になると牝鶏《めんどり》、束に尾が附くと牡鶏《おんどり》。今、この草
は、廃れた道に簇《むら》がり、花咲く草地に人間の道を示し、遠くまで薔薇色に烟《けむ》っています。
最も素的だったのは、刻々《ぎざぎざ》が有り、小さな白い斑《はだら》が精確に列《なら》んだ、赤でも木苺《マリーナ》色でもな
い、麗しい森の撫子《なでしこ》。
白や薔薇色の根無し蔓《かづら》は、砂勝《すなが》ちの小道へ匍《は》い出し、決して想い出せぬほど遠い幼少期
の何かの匂いを、今も放ちます。
幼年時代の無い人に花が怎《ど》う匂うか、私には、想像できません。

生ける樹

華やかで、霑《うるお》いの有る、夏の朝。お昵《なじ》みの頭青花鶏《づあおあとり》が、唐檜《とうひ》の上で囀《さえず》ります。星椋鳥《ほしむくどり》は、もう族《うから》で群れ飛んでいます。深山鴉《みやまがらす》の雛は、野へ出て、真の深山鴉なら決して留《と》まらぬ柳か何かの細枝《しもと》に留まっています、時には白痴《うつけ》さながらに。

深山鴉の雛は、一株《ひともと》の樹を択《えら》ぶと、号《わめ》き出しました。親が、蠕蟲《ぜんちゅう》を啣《くわ》えて飛び来たり、枝は、その牝《めす》が留まると重みで下がり、飛び去ると上がり、雛は、搖り籃《かご》に搖すられるよう。

その唐檜は、澤山《たくさん》の見えない鳥に枝を搖すられ、全體《ぜんたい》が生きているよう。

碧落

凡《あら》ゆる鳥と同じように、羽搏《はばた》いて穹《たか》みを目指し、碧落《へきらく》で帆翔《はんしょう》し君臨《くんりん》し始める、鳶《とび》。

七月　仲夏

雨

新しい朝が、鮮《あたら》しい天水《てんすい》の桶と共に。草地では、霧が一夜を過ごしました。森では、終《ひ》日《ねもす》、泣いたり、笑ったり。夕方は、豪《つよ》い雷雨。

禾堆

黄金の日々。丸くて尨《おお》きい夏の雲は、日輪を覆わず、雲の影が、臥せり、海さながらの氾濫原《ポーイマ》を、幾時間でも眺められます。

昨日は、終日、妙《たえ》なる静寂が寓《やど》り、夜、微雨《びう》が降り出し、朝も、降り続きます。集団農場《コルホーズ》の若者たちは、雨の無い三日間で、対《むこ》う側の干《ほ》し草を救い、二つの尨《おお》きな禾堆《にお》で、草地を飾りました。

山鳥茸

大きい山鳥茸《やまどりたけ》が戀しい余り、何處《どこ》か遠くに木株のような巨漢が彳《た》っているような気のすることが有ります。ほら、信じられぬほど瑰《おお》きいのが、露を裹《まと》って燦《きら》めいています。否《いいえ》！信じる余り、騙されるのが怕《こわ》くて、自分が傷附かぬよう、こう呟くのです。

「それは、茸ぢゃない、只の木株！」

《お前さん、——狡い聲が、云います。——木株と信じるなら、何故《なぜ》そちらへ？》

「遠いかな、——その聲に、応えます。——どの道、そちらへ行かなくちゃ」

そうして、そちらへ向かい、もう何處か脇の紅茸《べにたけ》には目も呉れず、悉《すっか》り忘れようとさえします。

けれども、目を欺《あざむ》かれることも。茸が露《あらわ》れ、ひょいと脇へ逸れて、そちらから見ると、何も無し！ 悉《すっか》り消えることも有り、探しに探し、四圍《しい》を巡り、草を蹈み、低木や羊歯《しだ》を朶《うご》かしても、無いものは無し。

《ほら、逃《に》げる！》狡い聲が、呟《さゝや》きます。

「逃げるが可《よ》い、——狡い聲に、応えます。——私が欲しいのは、茸、木株ぢゃない」そして、薔薇色の紅茸の白い柄《え》を、小刀《ナイフ》でちょん！

《もう可い、——狡い聲が、云います。——臆せず、肚を極《き》め、了《しま》いにし、真実を直視せよ。》

「そうか！——狡い聲に、応えます。——夙《はや》く云って呉れれば可かったのに」そして、上を向きます……

人生では、幾ら何かを徒《いたづ》らに索《もと》めても、幾ら俟《ま》ち続けても、期待とは凡《およ》そ裏腹なものが露れます。けれども、森へ茸を摘みに行き、目當てのものを見附け、山鳥茸を見附けるなら、それは、何時《いつ》も想像を超えたものであり、喰い入るようにそれに見入り、その魅力を汲《く》み盡《つ》くそうとしても、汲み盡くせません。次の、新たな茸も、一度も目にしたことがないような丯《すがた》で露れるのですから。

母なる聲

母鳥が、啼《な》きました、鶫《つぐみ》は、りりり、小夜啼《さよな》き鳥は、哀れっぽく、ぴぴぴ、欧羅巴大雷《ヨーロッパおおらい》鳥《ちょう》は、こここ。

茸の建築

自生の茸は、建築の創造物、或る毒茸は、さながら回教寺院《モスク》……

菩提樹の開花

開花する菩提樹《リーパ》、菩提樹の蜂蜜の匂い。日影《ひかげ》の射す樹間では、稚い頃《おさな》からお昵《なじ》みの金色の小蝿が、自身の翅《はね》で宙に浮いています。それを目にし、通り過ぎ、振り向いても、同じ處《ところ》に。

この謎が解《と》けぬ儘《まま》、小蝿のことは忘れました。今、亦《また》、想い出し、こんな答えが、脳裡に。菩提樹が開花する慶《よろこ》ばしい日には、無翅類《むしるい》は、みんな飛びたがり、有翅類《ゆうしるい》は、宙に浮きたがるのでは。

音楽

濃霧から一転、露に沾《ぬ》れた葉の閃《ひらめ》きと閑《しず》けさに盈《み》ちた霽《は》れの日へ。多彩な夏の自然《じねん》。

今朝は、光りに溢れ、闇《くら》い森に、邃《ふか》い静寂が寓《やど》り、私は、それを感じて想いに耽《ふけ》り、自分の裡《うち》から外を覗くと、夜雨《やう》の清《さや》かな雫が、枝から樹間の光りの中を落ち、下の羊歯《しだ》の葉を顫《ふる》わせています。

そのように、静寂に涵《ひた》り、窓《まど》を覗くように自分の裡《うち》から凡《すべ》てを覗くと、完《まった》き自由。そして、風が吹くと、何時《いつ》も、自分でない誰かが、私に、囁《ささや》き、語り、鳴らし、唸《うな》ります。それが凡《すべ》て風の爲業《しわざ》と識《し》らなければ、私でない他の誰かが来たと想うでしょう。

けれども、無音の風が、樹々の枝葉と戯れることも。そんな時、私には、自分が聾《みみし》いであり、見えない存在が葉に觸れて生まれる音楽が、自分には聞こえないのだ、と想われます。すると、私は、揺れ動く枝葉を見て、音楽を想像します。更に！　その時、私には、自分たちも葉と同じに想われます。聾《みみし》いたちが、私たちから生まれる音楽を解《かい》さず、顫え、喘《あえ》ぎ、踠《もが》いているのだ、と。

楢の樹間

森には、楢《ドゥーブ》が多いものの、どの楢も、白樺や白楊《はこやなぎ》に取り巻かれています。自立し独立した楢を見ると、惚れ惚れします。菩提樹《リーパ》だけは、卑屈にならず、白樺や白楊のように淑《しと》やかながらも独り立ち、一歩も敗《ひ》けを取らずに楢と竝《なら》び彳《た》っています。

森の息

森にひょいと静寂が訪れて、凡《すべ》てが黙《もだ》し、自分は何處《どこ》かの木株の上で凝《ぢ》っとしている、そんな時が有ります。喬木《きょうぼく》や低木や草や鳥が諜《しめ》し合わせたように《緘默《かんもく》！》と告げる、そんな時が。凡てが、静寂を醸《かも》し、自分は、想いに沈んで遠い昔を瞶《みつ》め直します。

一枝《ひとえ》も動かず、一葉《ひとは》も搦《そよ》がず、樹冠の形からのみ分かります、樹々が蠟で出来たように彳《た》っているのが。凡てを蠟で造ることは、誰にもできません、そのように規格外れに、とは云え、規格通りのものより美《よ》いものとなるように。

すると、誰かが、森の奥から頬に息を吹き掛けたかのよう。それとも、気の所爲《せい》？　否《いいえ》！　編み棒のように繊《ほそ》く、人の胸くらいの丈が有り、開花した円錐花序《えんすいかじょ》を戴く、芝麦《しばむぎ》の茎が、微《かす》かに動いて別の茎に首を掉《ふ》り、別の茎が、更に別の茎に身を屈《かが》めて首を掉りました。その先では、一本の羊歯《しだ》が、私の頬が感じたのと同じものについて、他の羊歯と吶《ささや》き交わしました。森は、上は至って静かでも、中では息をしています、人と同じように。

隠れる心

空一面が、秋のように灰色、朝から、微雨《びう》が蕭々《しとしと》。心は、自分の家へ隠れ、荒天を避けたり静かに我に復《かえ》ったり外へ出て野や森を駈け廻りたくなる時を俟《ま》ったりできる場處《ばしょ》が在ることを、人知れず喜んでいます。

雨

人々は、昨日は、雨音を聞きながら寝入り、今朝は、雨と再会し、天鼓《てんこ》を聞きながら起きました。けれども、この雷雨は、自立せぬ一過性のものであり、単に空一面が灰色の外套を裹《まと》う爲《ため》のもの。

降り頻《しき》る雨、草地で黙々と食《は》む牛馬。

乙鳥

大水は、殆んど春のそれのよう、渡し板は、みんな疾《と》うに流され、岸邊《きしべ》の西洋絹柳《せいようきぬやなぎ》の蓁《しげ》みの幾つかは、島に。乙鳥《つばめ》は、雛への給餌を誰にも邪魔されぬよう、そんな島の一つに巣を懸《か》けました。人々は、老いも若きも、その周圍《まわり》に彳《たたず》んでいました。

子供たちは、逆立ちしても雛が捕れずに、臍《ほぞ》を噛み、大人たちは、目は届いても手は届かないそんな場處《ばしょ》を見附けた賢い乙鳥に、脱帽。

夜雨《やう》が霽《あ》がり、日輪が野に耀《かがや》く朝、日影《ひかげ》は、闇《くら》い森へも射し、黄金の火のような斑《はだら》となって、至る処《ところ》に臥せります。

黒い影は、黒を倍《ま》し、人は、《傴僂《せむし》の仔馬》（訳註、露西亜の詩人ピョートル・パーヴロウィチ・エルショーフ 一八一五〜六九の童話）のように火の鳥が森に飛び来たって留《と》まったように想い、自分もそんな天國の鳥を捕まえようとします。

終日、天気が変わり、清《さや》かな日影だったり、豪《つよ》い雨だったり。雨霽がりの夕方、明るい日輪が露《あらわ》れ、蚊柱《かばしら》が立ち、風が全く歇《や》まずに松を搖らし、明るい瑰《おお》きな雫が戯れる蚊を別《わか》つように絶え間なく落ちるのでした。

私たちの心も同じよう、抑え難い生の歓びが、何処《どこ》か奥底で沸き立ち、蚊や泡《あぶく》のように湧き上がり、避け難い何かの雫が、歓びの上へ絶え間なく落ち、幸福や自由への凡《あら》ゆる希《のぞ》みを潰《つい》えさせます……

亦《また》、耀ける朝、無線《ラヂオ》の予報では、夕方は雨。假令《たとえ》、雨でも、この朝は、私のもの。もうどんな朝も来なくとも、この朝は、私のもの！

猫の尾

低気圧が逼《せま》ると、雨に先んじて、猫の尾《コシャーチイ・フヴォストィー》と呼ばれる雲が、空に。けれども、高気圧が逼る際にも、空では、同じことが起こり、その猫の尾が、好天を告げます。詰《つ》まり、問題は、尾ではなく、他の徴候無しに猫の尾だけで天気を卜《うらな》うのは、無理なのです。

けれども、人は、何でも天気と同じように判じるのが常《つね》、尾なら雨と云う具合いに。

雷雨の後

果報のように訪れる、朝。

雷雨の後、日影《ひかげ》の届く森の凡《すべ》ての小道から颺《あ》がる、湯気。

闇《くら》い唐檜《とうひ》林の中でさえ、日影が、斜めの柱のように帷《とばり》越しに森へ射し込み、新春の粧《よそお》いで虹色に炎《も》えて燿《かがよ》う樹が、そんな柱の中に。

蚊柱

夕方、唐檜《とうひ》の間を縫う日影《ひかげ》の中に、蚊柱《かばしら》が立ちました。鳥も蝶も丸花蜂《まるはなばち》も、その日影を過《よぎ》るものは凡《すべ》て、一瞬、銀《しろがね》に。

不意に、銀の真ん央《なか》へ、瑰《おお》きな銀《ぎん》の滴瀝《てきれき》、一つ、二つ、三つ。一つ一つの雫が、柱を成す蚊の大群から何かを運び去りましたが、残った蚊は、みんな、些《ちっと》も狼狽《うろた》えず、尚《なお》も柱を立てています。

竟《つい》に。雫は、雨となって降り淋《そそ》ぎ、残った蚊は、極《ご》く毫《わず》か。雨降りに、何の蚊柱！　けれども、剛毅《ごうき》な英傑《えいけつ》たちは、尚も柱を立てました。それで、怎《ど》うしたか？　雨が霽《あ》がると、仆《たお》れし兵《つわもの》どもが乾いて舞い立ち、亦《また》、元通り、蚊柱が立ち、私たちは、そんな勇壮な合戦《かっせん》を何一つ解《かい》せぬ儘《まま》、こう一言《ひとこと》。

「屹度《きっと》、好天に！」

舞う葩

馬鈴薯《ばれいしょ》の葩《はな》が咲くと、白い蝶がその上を舞います、まるで咲き切った葩が舞いたくなったかのように。今や、蝶ならぬ葩も、馬鈴薯の葩の上を、翩々《ひらひら》。

八月　晩夏

欧洲艾

　聖以利亜祭《イリヤ》（訳註、旧暦七月二十日、新暦八月二日）が過ぎ、もう黒麦《ライ》の禾堆《にお》が處々《ところどころ》に在るものの、天気は、白雨《はくう》を伴う曇天の儘《まま》。欧洲艾《おうしゅうよもぎ》（訳註、露名はチェルノブィール）は、もう黒く、ひょいと横目で見ると、彳《たたず》む人が傍《はた》からこちらを見ているよう。

こんな日

霧が、降りました。霧の中から、沾《ぬ》れて光る緑。森に降った霧が、日影《ひかげ》に見附かったよう。霧が、草地に臥したよう（降参、ご随意に、臥せります）。

夏の日の凡《すべ》ての露の描写、白楊《はこやなぎ》の上で、二つの雫が一つに結ばれ、一つの雫が、その場で乾いて舞い立ちました、お了《しま》い。

晩夏

乙鳥《つばめ》は、老いも若きも、群れを成して水の上を旋《めぐ》り、剛の者は、一寸《ちょっと》飛ぶのを歇《や》め、水に接して円を残します。

川邊《かわべ》に坐り、静寂に涵《ひた》る、私。

至る時

色取り取りの葉が、森に散り敷くと、その間から茸《きのこ》が貌《かお》を出すのを、俟《ま》ちます。種類は数知れず、間違えてばかり、山鳥茸《やまどりたけ》なら、間違えない筈《はず》なのに。

手狹《てぜま》になる時が至り、森の小道のあちこちに露《あらわ》れた、茸。

森へ

茸摘みや獵《か》りに向きそうな霧の朝、私は、森へ出掛けて容子《ようす》を見ます、自然の竝列《パラレル》的な生が、詩的と呼ぶ可《べ》きか哲学的と呼ぶ可きか自分にも分からない私の主體《しゅたい》的な生が、何から始まるか。

私は、自然そのものの中に自分の核のようなものが在るのを識《し》っており、もしも私がそれを見附けて覗き見るなら、正《まさ》にその時、私の内《うち》なる生が自然と一如《いちにょ》になって始まり、私が何を見ても、自然の凡《すべ》てが私の心の裡《うち》に立ち上がります。けれども、自然の中のこの私の核は、見え隠れし、何かを始め、独りでに消え、私は、何から凡てが私に始まり、この核が如何《いか》なるものかを、決して告げることができません。努力が要ります、私が自分の意思で希《のぞ》んだものが再生される爲《ため》には。

何よりも先づ自分の注意を三倍に倍《ま》す必要の有ることは、云わずもがな。私は、始めます。

初秋に極《きわ》めて特徴的なのは、闇《くら》い森の中のこれらの鮮黄色の羊歯《しだ》？　私の核は、その中に、その生の動きの明白な証《あか》しの中に？　験《ため》し録《しる》しました。更に、私は、この夏に初めて白樺が下生《したば》えの黒っぽい唐檜《とうひ》を金貨で裹《つつ》み始めたのを、目撃。怎《ど》うやら、凡ては、思惟の動きを呼び覚ます自然の中の動きから、始まっているよう。

これは、何？　丈が私の胸までしかない松の幼木が、母親が嬰児《あかご》を寒さから戍《まも》るように、唐檜を抱きました。母なる樹の後ろからは、唐檜の天邊《てっぺん》の輪生葉《りんせいよう》の指が突き出し、母なる松の下からは、自分の枝より蒼白い枝が幾本か仄《ほの》見えています。

そんなふうに、発見が始まりました。生の、黄ばんだ羊歯の、唐檜の上の白樺の金色の葉の、動きの合い図《シグナル》。こうした自然の中の動きの徴《しる》しは、私の注意を惹き、これから、凡てが始まりました、動きから。

今、私には、こう云えます。自然の中の動きは、凡てのものの水端《みずはな》に在り、それは、人の裡《うち》に意識《ヴニマーニエ》を喚《よ》び起こし、素材《マチェリヤール》を探し索《もと》める過程で一度《ひとたび》喚び起こされた意識が、陽性の唐檜を抱く小さな陽性の松を見出だした、と。

そんなふうに、人は、鏡を覗くように樹々を瞶《みつ》めながら、自身の生を識《し》るのでした。

大熊坐

夜が涼しかったのか、窓《まど》は霑《うるお》い、そんな窓の玻璃《ガラス》越しに見ると、星も膨《ふっく》り。恰度《ちょうど》、私の窓の対《むこ》うに、大熊坐。怎《ど》う云う訣《わけ》か、秋より見え始める、大熊坐。

秋色《しゅうしょく》

日中も、煖爐《ペーチ》が少し焚かれるように。今朝は、湯気で曇る窗《まど》から清《さや》かな日影《ひかげ》が射し、満目《まんもく》の露が金剛石《ダイヤモンド》の珠《たま》のようにではなく牛蒡《ごぼう》か火焔菜《ビート》の畝《うね》さながらに燦《きら》めきます。

朝から、白い羊雲《バラーシキ》が、水色の野に湧くように空に弌《う》かび、無線《ラヂオ》が、本日、雨は無し、と報じています。自然の消費者《ポトレビーチェリ》が、多雨《たう》の夏だったと自然を譴《せ》めない爲《ため》には、雨の無い日が、どれほど必要？

霧

目には何も映らなくとも、今にも日輪が覗きそうな、清《さや》かな霧。

一日の始まりは、夏をすら想わせ、湯気や霧の所爲《せい》で白っぽいものの、緑が雨のお蔭でこの時季としては美事に保たれています。

但《ただ》、どの白樺も幾本もの若い唐檜《とうひ》に下から抱かれて林全體《ぜんたい》が蓁《しげ》みに埋もれた形の白樺林では、白樺から金色の葉が若い唐檜の上にもう澤山《たくさん》落ちています。

朝の九時頃に漸《ようや》く、川の対《むこ》う岸が、輪郭を際立たせて我に復《かえ》り始めました。けれども、そこの燕麦《えんばく》畠で仂《はたら》く人々の丯《すがた》は、未《ま》だ見えず、聲だけが、霧の中から届いていました。

霧が出ると、凡《すべ》ての樹が、殊に唐檜が、低木が、草さえも、時として蜘蛛の網《い》に覆われ、唐檜に上から下まで皿が吊ってあるように見えることも有ります。

けれども、私には、何とも云えません、それは、蜘蛛が霧の中で仂くのを好む爲《この》なのか、或いは、蜘蛛の網に懸《か》かる真珠のような霧の雫が蜘蛛の平生《ふだん》の爲事《しごと》を私たちに知らせる爲《ため》なのか？

九月　初秋

最後の暖気

静寂、未《ま》だ緑の樹々の間から覗く、碧落《へきらく》。霧や雲を貫いて、朝から緩《ゆっく》りと道を敷く、日輪。

夜は、冷え込み、昧爽《まいそう》の沼地の日脚《ひあし》の届かぬ北面では、谷地坊主《やちぼうず》が白く染まったかも。晩に、月が、樹々の後ろから、火の手のように升《のぼ》りました。朝は、晴天、藍色の影の中で、露を浴びています。

乾坤《けんこん》

雨の恩《めぐ》み、日の寵《めぐ》み、一日に百変化《へんげ》。

雨を享《う》けた凡《すべ》てのものが、日に照らされる時には、光る雫を全身に裹《まと》う小さな松も、乙《おと》女《め》のように佇《たたず》みます、但《ただ》、《私も大人!》と云わないだけ。

目紛《めまぐ》るしいそんな大いなる一日にも、完《まった》き安寧の刻限が有ります。山を目指し、竟《つい》に至り、一息入れて、澗《たに》へ下りる、そんな瞬刻が。

斯《か》くして、秋は始まります。

蕁麻

菩提樹《リーパ》の下生《したば》えは、黄ばみ、その下は、もう黄葉《こうよう》の絨毯、森は、糖蜜菓子《プリャーニク》の匂い。

和蘭陀苺《オランダいちご》の葉は、鮮やかな紅《べに》。蕁麻《いらくさ》は、人の脊丈を超え、黝《くろ》ずみ、葉が縮んで孔が開《あ》き、老い耄《ぼ》れました……。可哀相《かわいそう》にと手を遣《や》れば、そんな老嫗《おうな》でも咬み附きます、末若《うらわか》き乙女《おとめ》のように！

楢茸

唐檜《とうひ》の幹の間から奥を覗くと、天國の黄金の壁、それは、秋に金色に染まった菩提樹《リーパ》の壁。楢茸《ならたけ》が、如鬼如鬼《にょきにょき》。

伐採地《ヴィールプカ》で目を凝《こ》らせば、凡《すべ》ての伐《き》り株が小さな楢茸に覆われており、明日明後日《あすあさって》が摘み頃、との森番からの朗報。

暖かい曇りの朝、糸雨《しう》。茸は、大欣《おおよろこ》び！　莫斯科《モスクヴァー》でなくここに居る私も。

たんと摘むと、唐檜の下で雨寓《あまやど》り。雫が落ち、葉が顫《ふる》え、落ちる葉も。

雫の下で顫えながら持ち堪《こた》える葉も有れば、落ちる葉も。

朝から雨降りでも、空には光りの兆し。闇《くら》い森から流れ出る川のように、夜から流れ出る、晝《ひる》。

風

風、又、風、それは、秋に吹き捲《まく》ります、春や夏に吹いたように、そして、喜びさえします、樹の葉を挘《むし》って共に飛び去る時には。

風は、識《し》らないのです、それらの葉が已《すで》に息絶えており風と共に遠くまで翔《と》べないことを。

微風

山に濃い緑の草が生え、日蔭の草間《くさま》が殆《ほと》んど黒いことも。微風《そよかぜ》が駈け抜けて鮮やかな碧《へき》草《そう》を撫で、風に嫋《そよ》ぐ草が一斉に閃《ひらめ》くことも。

愉しい影

払暁《ふつぎょう》に、霧が深まり、雫が白樺の葉へ落ち、雫を享《う》けた葉が、重みを増して枝を辞し、地面へ落ちました。

日が升《のぼ》り、霧が霽《は》れると、もう雫は落ちず、御茶目《おちゃめ》な朝の微風《そよかぜ》が、白楊《はこやなぎ》の葉と戯れ始め、葉の影が、白楊の灰色の幹の上で跳んだり駈けたり。

時折り、何かの葉が、捲《むし》られて飛び去ると、その愉しい影も、葉と共に消えました。

朝か晝《ひる》か晩が進み行く後から、人が自分の足取りで跟《つ》いて行くことが有ります。一如《いちにょ》になるには怎《ど》う爲可《すべ》きか、能《よ》く解《わか》りません。けれども、もしも歩調を合わせて何かへ意識《ヴニマーニエ》を向けるなら、それは、人のようになり、それについて何かを書けば、それは、人について書いたようになります。

今、私は、木株に腰掛けて、目にしています。葉は、散り、風に運ばれ、膝くらいまで積もりましたが、丈の高い青い螢袋《ほたるぶくろ》を覆うことはできず、螢袋は、九月の末に黄葉《こうよう》の上で青い花を咲かせます。

日影《ひかげ》が、繊《ほそ》く長い茎の上の透かし模様《レース》のようなその花に闇《くら》い森で出逢うと、花は、枯れずに耀きました。

深閑とし、見えない甲蟲《こうちゅう》が、何處《どこ》かで音を立てていました、闇い森へ射し込む日影が静《しじ》寂《ま》の中で音を立てているかのように。

最初の冱寒

昨夜は、冱寒《モローズ》だったのでしょう。翌朝、日輪が胡瓜《きうり》の葉を灼《や》くと、葉は丸まって黝《くろ》ずみ、下に隠れていた緑の胡瓜が幾つも露《あらわ》れました。
亦《また》、星の夜、けれども、朝は、冱寒ではなく、日輪が暖めると、夏が戻り、畠では、蝙《こう》蝠《もり》の翼に肖《に》た胡瓜の黒い葉が、冱寒の波残《なご》りを留《とど》めるばかり。

渡り

風は、朽《く》ち葉《ば》の馥《かお》りを運ぶものの、心は、何故《なぜ》かその風に鼓舞《こぶ》されます、恰《あたか》も、自然の至る処《ところ》で来夏《らいか》へ向けた肥《こえ》が備えられ、自分の心の裡《うち》で秋蒔き作物が身を擡《もた》げるかのよう。白樺の黄葉《こうよう》は、渡り鳥のように唐檜《とうひ》の上で羽を息《やす》め、凡《すべ》ての唐檜の上に葉が有ります。けれども、今は、渡りの季節、時には、本物の鳥が留《と》まることも。

川

毎日、川岸を歩きますが、空が一寸翳《ちょっとかげ》ると、川は何と冽《つめ》たく恐ろしい形相《ぎょうそう》に。空が明らむや、川も歓喜に応えます。

雲が嚴《いか》ついと、川も、それに応じて、冷やかに臥せり、人に何も用がない時の猫みたいに謎めいた目容《めつき》に。そんな川を見ると、川からではなく傍《はた》から判ります、猫、猫が見ている！

野に

何かが、野に臥していています。それが何か、遠目には判らず、知らず識《し》らず、そちらを閃々《ちらちら》見遣《みや》り、《あれは、何?》と自問します。

事は、そう簡単ではなく、《訝《いぶか》しげに》打ち眺めてこんなふうに想うことも、あれは人でなく尸《かばね》?

あれは、何? 石にせよ、臥《ふ》すからには怪《あや》しいのです、野に臥すものなど、何一つ無いのですから。

十月　仲秋

黄金の林

実に静かな日、尨《おお》きな雲の間から射す日影《ひかげ》。日の當たる處《ところ》では、黄金の林の有《あ》る妙《たえ》なる風景が展《ひら》け、その光りの中で、大地が余りにも活《い》き活きと独特に閃《ひらめ》いていたので、それが絵になっても、誰もその畫工《がこう》を信じなかったでしょう。

色と音

或る種《しゅ》の葡萄《ぶどう》は、独特な美味しい馥《かお》りの感覚を齎《もたら》します。同様に、目にするものが音と化すことも有《あ》り、私は、十月の或る霽《は》れた冱寒《モローズ》の朝、黄金の白樺を目にし、黄金の鐘聲《しょうせい》を耳にしました。

春の山鴫獵《やましぎ》では、目紛《めまぐ》るしく交錯する、光りと色と音。

生の能《ちから》

凡《すべ》てが毀《こわ》れ、凡てが仆《たお》れるものの、何も死せず、死すにせよ、忽《たちま》ち他のものへ轉《てん》じます。朽《く》ちゆく木株が、緑の苔の長毛絨《フラシテン》に覆われました。緑の長毛絨にびっしりと覆われた古い木株の凹《くぼ》みには、美麗な天狗茸《てんぐたけ》。

凡ての喬木《きょうぼく》や低木が、平生《ふだん》の緑の假面《かめん》を脱《ぬ》ぎ、どの樹も、特別な樹になったようで、昵《なじ》みの森でも、蹈み迷います。それらを仰ぎ見ると、対《むこ》うもこちらを見ます、どの樹も、その樹なりに。

最後の茸

風が、吹き捲《まく》り、菩提樹《リーパ》が、息を吸って黄金の葉を夥《おびただ》しく噴《は》いたかのよう。風が、更に吹き捲り、力の限り、一吹きすると、凡《すべ》ての葉が、一斉に散り、古い菩提樹の黒い枝には、金貨がちらほら残るばかり。

風は、そのように菩提樹と戯れ、黒雲へ近附いて一吹きすると、黒雲は、飛び散り、凡てが、忽《たちま》ち雨に。

風が、別の黒雲に追い附き、それを逐《お》い立てると、清《さや》かな日影《ひかげ》が、その雲の下から迸《ほとばし》り、沾《ぬ》れた森や野が、耀き出しました。

赤初茸《あかはつたけ》は、紅葉《こうよう》に埋もれましたが、私は、少し見附けました、赤初茸も、山猪口《やまいぐち》も、金《きん》茶山猪口《ちゃやまいぐち》も。

それが、最後の茸。

秋の鳥

四十雀《しじゅうから》が冷えゆく湿《しめ》った森から人家《じんか》へ近附く時が、至りました。

低木の中で、黄葉《こうよう》が微《かす》かに動きましたが、それは、雫の所為《せい》、それとも、葉蔭に鳥？

雫が、銭葵《ぜにあおい》の一つの花から少し下のもう一つの花へ滴《したた》り、一つになった雫が、茉莉花《ジャスミン》の重い葉へ滴り、その黄葉が、舞い落ちました。

すると、葉蔭から、毛羽立った頭が覗き、私たちは、四十雀だと判りました。それは、毛色の変わった四十雀、それが、茉莉花の葉を揺すり、雫がぽとり、葉がぱらり。

今日は、一日に二つの出来事、大きな四十雀が、二度、小窗《こまど》から寓居《ぐうきょ》へ舞い込みました。

秋の灯《ひ》

灰色の白楊《はこやなぎ》、春には、ここで山鴫《やましぎ》が囀《さえず》り、今は、黄葉《こうよう》が舞っています。

闇《くら》い森の中に、灯《ひ》が點《とも》り始め、或る葉は、黒を背景に目に沁むほど清《さや》かに耀きます。

菩提樹《リーパ》は、もう全身が真っ黒ですが、散り残る明るい一葉《ひとは》が、光ります、見えない絲に吊るされた灯《あかり》のように。

朝

濕《しめ》った霧の朝は、眠りの深い人のよう、却々《なかなか》、目が覚めず、音は聞こえても、目は瞑《つむ》った儘《まま》。

霧が、深まり、雫が、黄葉《こうよう》へ降り、一つの小さな雫が、別の葉へ辷《すべ》り落ち、そこで二つになって共に落ち、葉も、堪《こら》え切れず、雫と共に落ちます。

葉は、次々と菩提樹《リーパ》から屋根へ落ちます、落下傘のように、蝶のように、廻轉羽根《プロペラ》のように。日は、徐々に目を開き、風は、凡《すべ》ての葉を屋根から舞い颺《あ》げ、葉は、渡り鳥と共に何處《どこ》か川の方へ翔《と》んでいきます。

その岸に孤《ひと》り佇《た》ち、掌《て》を胸に當てると、鳥や葉と共に何處かへ翔んでいく心持ち。

実に淋しく、実に素的で、そっと呟きます。

「翔びなさい、翔びなさい！」

日は、却々、目が覚めず、日輪が升《のぼ》ったのは、もう午頃《ひる》。私たちは、暖かい好日を喜ぶものの、小春日和《バービエ・レート》の空飛ぶ蜘蛛の絲を俟《ま》つことは、もう有《あ》りません。みんな、四散し、鶴も、ほどなく舞い立ち、雁《がん》や深山鴉《みやまがらす》も、ほどなく翔び去り、凡てが、畢《お》わります。

初雪

今日は、氷點下八度の冱寒《モローズ》。全天に漲《みなぎ》る日影《ひかげ》、全心が大いなる祝典に応えます。それは、昨夜に始まり、晝《ひる》から夜に掛けて、更に夜徹《よどお》し、糸雨《しう》が降り、朝方に、初雪が舞い始め、少し凍った雫が雨と化し、北面では、風が雪を吹き払い、南では、雨が降り、北では、雪が舞いました。蜘蛛は、冱寒を予期せずに、黒い蠅を獲る爲《ため》の網《い》をあちこちに張り、風花《かざはな》（訳註、露西亜語で「白い蠅」）が、舞い始め、それらを吊り床《ハンモック》のように重く撓《たわ》ませました。

森には、荘《おごそ》かな静寂。赤楊《はんのき》、忍冬《すいかづら》、花楸《ななかまど》、蝦夷上溝桜《チェリョームハ》など、澤山《たくさん》の喬木《きょうぼく》の下には、貯《た》めた金貨の嵩《かさ》を角《きそ》う蓁《しげ》み。

山の上に森が有《あ》り、森の後ろから日が升《のぼ》ります。黒い樹が、冱寒で白く染まる地面に、一条一条《ひとすぢ》、青い影を印《いん》します。

清《さや》かな日影が、白い樹間へ光の束《ビーム》となって射し込み、榛《はしばみ》の最後の金鍍金《きんめっき》は、それらの日影を浴びて、正《まさ》に黄金そのもの。

川には、未《ま》だ、岸沿いにさえ、一片の氷りも。

鳥と葉

秋の森へ射し込む日影《ひかげ》の中では、何処《どこ》を葉が何処を鳥が飛ぶか判りません。

大きな森の草地《ポリャーナ》では、落ち葉も寧《やす》らぎを見出ださず、或るものは、鼠《ねずみ》のように森の草地を駈け廻り、或るものは、輪舞を踊り渦を巻いて駈け去り、それらが、森の上空の気流に呑まれ、殆んど黒い碧雲《へきうん》やそれらの雲の間で青く光る天空の下を直奔《ひたはし》る時には、何処を葉が何処を渡り鳥が飛ぶか判りません。

羊歯《しだ》は、未《ま》だ真緑ながら、足許《あしもと》で音を立てる郁《かぐわ》しい黄葉《こうよう》に、もう悉《すっか》り埋まりました。

楓

唐檜《とうひ》は、躬《みづか》らの繁《しげ》りで濶葉《ひろば》の楓《かえで》を覆い、楓は、唐檜の間で秋にも凋《しお》れずに今を盛りと耀いていました……。時が至ると、それは、人が死を前に手を胸の上で組むように自分の葉を窄《すぼ》め、裸身とは云え、もう何も剝《と》られるものもなく、実に穏やかな佇《たたず》まい。

五十雀

日輪は、尚《なお》も暖めているものの、昆蟲は、已《すで》に凍《こご》えており、樹皮の中の昆蟲を、直ぐに見附けることはできません。五十雀《ごじゅうから》が、朝な朝な、道へ走り出るのは、屹度《きっと》、その爲《ため》。五十雀は、平生《ふだん》は、頭を上にしたり下にしたりして、幹の上を駈け廻りますが、今は、路上で直ぐに見附けられます、陸《おか》に揚《あ》がった水夫のようなその手《すがた》を。

雀

蓁《しげ》みの中で、何かが動き出し、私は、目を凝《こ》らすや、大欠《おおよろこ》び。それは、雀、私たちの雀！　それは、私たちと共に生きており、それは、族《うから》であり、私たちの許から何處《どこ》へも飛び去りません。

平和の相

森閑。青い柱のように樹間を真っ直ぐに颺《あ》がる、烟《けむ》り。朝からイ《た》つ、蚊柱《かばしら》。暖かく、明るく、洵《まこと》に美しく、寧《やす》らかで聡明、春には有り得ないほど。

窓《まど》の上の框《かまち》の下に栖《す》む雀は、春のように活《い》き活きとし、或る雀の嘴《くちばし》には、巣造り用の柔毛《にこげ》さえも。彼らは、自分の場處《ばしょ》を見出だして、ご満悦、私たちの邪魔もしません！

今日は、地上の生きとし生けるものが、自分の場處を見出だして、誰の邪魔もしない、正《まさ》にそんな朝、これこそ、全世界の真の平和の相《すがた》。

笑《え》まう秋

四月でも珍しいほどの、好天。白樺は、葉を悉《すっか》り落として春まで眠る支度を済ませたと想いきや、四月のように開花に備えているかのよう。鴉《からす》も、春のように執拗《しっこ》く啼《な》き号《わめ》いています。黒雷鳥《くろらいちょう》も、呟き始め、村の誰かが、周圍中《まわりぢゅう》に聞こえる聲で歌を唱《うた》い始めました。

未来

葉は、樹から落ちたものの、未来の生の、未来の葉は、萌《めば》え、どの芽でも、瑰《おお》きい清《さや》かな雫が、光ります。

自由の感覚

疾《と》うに気附いていました、森へ流れ込む微風《そよかぜ》が樹の枝を搖する時、そこには邃《おくぶか》い特別な魅力が在《あ》ると。これを表現する術《すべ》を遙《ず》っと索《もと》めています。或いは、これを落葉《らくよう》と結び附ける可《べ》き？　観察してみます。

秋の硬貨は、余りにも凍《こご》えるか乾くかした爲《ため》、顫《ふる》えながら搏《う》ち合うのが聞こえるほど。顫える葉は、枝を辞して飛び去らんと、搏ち合います。けれども、枝を去る時には、みんな、肥《こえ》と化すべく落ちていきます。葉とはそうしたものであり、そんな人も多いのですが、真の人間は、自由の感覚に鼓舞《こぶ》されて、前へ前へと進みます。

蝦夷雷鳥

戞々《かつかつ》とも、ぴちゃぴちゃとも、跫音《あしおと》を立てずに、森の端《はず》れをそうっと歩いていくと、蝦夷雷鳥《えぞらいちょう》が径を歩いて何かを啄《ついば》むのが、目に映ります。私は、上體《じょうたい》を毫《すこ》しも動かさず、極《ご》く滑らかに規則正しく歩を運んでいきました。蝦夷雷鳥は、私を直ぐ傍《そば》まで近寄らせ、獵銃を提《さ》げている時に劣らぬほどの至福を、私に齎《もたら》しました。

更に！　私は、悟りました、自分の狩獵熱が力の過剰と想像の不足に因《よ》るものであったことを。その力も、今では毫《わず》かながら、その代わり、何と！　蝦夷雷鳥は、単なる獵の対象でなし！

十一月　晩秋

森の雪娘

昨日、森で、雪娘《スニェグーロチカ》を見ました。葉の耳飾り、一つは金、一つは翠《みどり》。

丸腰

森で、亦《また》、駈け廻る蝦夷雷鳥《えぞらいちょう》を咫尺《しせき》の間《かん》に見ましたが、これは、心に留めておく可《べ》き。

蝦夷雷鳥は、葉が落ちて土が凍った晩秋には、迚《とて》も目に附き易く、人を傍《そば》まで近寄らせます。今日は、栗鼠《りす》も、私の注意を惹きました。更に、澤山《たくさん》の四十雀《しじゅうから》も、大きいの、小さいの、擲弾兵《てきだんへい》みたいの、捩子《ねぢ》みたいの、みんな一緒に目にしました。丸腰は、実に好《よ》いもの！　私には、行く行くは、自分の裡《うち》にこの静謐《せいひつ》を見出だすことができ、森のどの地點も、凡《すべ》てを記録し盡《つ》くせぬほどの生の起點になる、と想われます。

一羽の四十雀が、頭を下にし、檐廊《ヴェランダ》の手摺《てす》り子《こ》から何かを嘴《くちばし》で啄《ついば》んでおり、窗《まど》の框《かまち》の奥に栖《す》み附いた二羽の雀が、それに気附いて飛び来たり、四十雀を逐《お》い払い、躬《みづか》ら隅《くま》無く査《しら》べたものの、何も見出だせず、窗へご帰還。

冬の気配

今日は、一季に一度しかないような、絶好の日和《ひより》。日向《ひなた》では、屋根から滴瀝《てきれき》、日蔭では、冱寒《モローズ》が臥《ふ》せり、終日、居坐ります。日向では、枝が雫を垂らし、日蔭では、その雫が凍り、上枝《ほつえ》の雪の丸麺麹《パン》が、下枝《しづえ》の垂氷《つらら》に変わります。

川には、薄氷《サーロ》りが流れ、それは、緊《し》まりなく見えますが、氷りは、そんな風《ふう》に極《ご》く小さい氷の芽から育つもの。岸邊《きしべ》には、砂糖のように皎《しろ》くて花の模様が刺繍された氷り。薄氷りは、その氷りに摩《す》り寄り、急流では、岸沿いの氷りの帯を真っ直ぐに均《なら》すだけですが、淀《よど》では、何時《いつ》の間にか凝《こ》り固まって極く薄い半透明の氷りに変わります。雄々しき鴉《からす》は、もうそんな氷りの薄板を蹈み抜くこともなく、卒《いざ》となれば翼が有るので、剛胆で居られるのです。

もう一日か二日で、淀が凍って川の央《なか》ほどまで延びた対《むこ》う岸と、流れる薄氷りが岸沿いの氷りの帯に附着したこちら岸の、永遠《とわ》に反目する両岸が、和合し、接吻し、冬から春先まで凍ったことでしょう。

ところが、不意に、暖気《だんき》が訪れ、今、両岸は、これまで通り反目し、水は、一つの岸を洗い流し、もう一つの岸へ氷りを運びます。

川面《かわも》には、目の込んだ氷りの切嵌《モザイク》、まるで、川が、凍結する前に肚癒《はらい》せに凡《すべ》ての氷りを碎《くだ》いてから静止したかのよう。

けれども、鎮《しづ》まった川は、尚《なお》も静止せず、氷りごと一寸《ちょっと》づつ前へ。更に毫《すこ》しづつ漸《すす》み、凡てが、畢《お》わります。

森の鏡

森の道の潴《みずたま》りでは、より冽《つめ》たい水の粒子が、凍る際に水面へ上升《じょうしょう》し、沍寒《モローズ》が、その粒子で白い膜を造り、その膜に何やら私たちの識《し》らない熱帯の花の模様を畫《えが》きました。

怎《ど》うして沍寒に花が有るのか、解《わか》りましょうか？　けれども、自分に即して判ずるなら、凡《すべ》ては、白《あき》らか。詰《つ》まり、沍寒は、遠い熱帯の邦《くに》に憧れ、模様を畫いている間に、温かい水が、地下へ逃《のが》れたのです。

そうして、潴りからは、熱帯の藻の模様を帯びた白く脆い薄膜だけが、残りました。

晩秋には、唐檜《とうひ》の上に舞い落ちた白樺や白楊《はこやなぎ》の葉が、風に運ばれます。けれども、暮秋には、先の岐《わか》れた松葉が、枝に股《また》がる恰好で唐檜の上に残ります。それは、もう風に運ばれず、春に漸《ようや》く、雪と共に枝から辷《すべ》り落ちます。

凍りゆく川

昨日は、晝《ひる》は、燦々、晩は、滿月。女衆《おなごしゅ》は、水を汲みに下りる際、こんな言葉を交わしました。《内《うち》らの川が、凍りゆく》

朝から、氷りの芽が、閃《ひらめ》きながら薄い氷片に変わり、薄氷り《サーロ》が、流氷のように川面《かわも》を辷《すべ》り始めました。

土と水は、日輪の約束をもはや信じず、霽《は》れて日射しが溢れる日でさえ、日蔭や北面では、雪の白い斑《はだら》が消えず、氷點を幾らか上廻っても、軈《やが》て氷りとなる薄い透明の氷片が、眩《まばゆ》い日影《ひかげ》を浴びて、川面を辷り続けます。長沓《ながぐつ》を履いた人が、何處《どこ》かを歩み、乾いた凍土が、その足許《あしもと》で軋《きし》ります。

凍りゆく土！

小橋の桁《けた》は、対《むこ》う岸の一つを除いて、凡《すべ》てが薄氷りに埋まり、凡ての薄氷りが、その一つの桁へ壓《お》し寄せます。

凍りゆく川！

凡てが停まる

冬麦《ふゆむぎ》の嫩芽《わかめ》を食《は》ませようと、家畜が放されました。この地では、秋から冬麦の嫩芽が旺《さか》んに出ると、何時《いつ》もそうします。秋から冬麦の嫩芽を少し減らしておくと、好《よ》いのです。家畜は冬麦の嫩芽に駈け寄るものと想われましたが、外《はず》れ！　乳牛は、母子共に凝《ぢ》っとした儘《まま》。弥終《いやはて》の日影《ひかげ》の中に彳《たたず》んで温《ぬく》もっている方が、好いのです。

川でも、薄氷《サーロ》りが、岸沿いの氷りの帯の間の窄《せま》い水路を、鈍々《のろのろ》と流れます。冬を前に、凡《すべ》てが、停《と》まりつつあります。

蟻の邦

或る時、巨《おお》きな垤《ありづか》が、巨きな木株の隣りに現れ、幾年も経つと、木株を悉《すっか》り隠して呑み込みました。更に幾年も経つと、蟻の邦《くに》は、亡《ほろ》び、草や苔や茸に下から覆われ始めました。

今、時が至り、密生する唐檜《とうひ》が、垤を上から下まで悉り覆いました。

今日、森で、私は、凍った潴《みずたま》りを砕《くだ》きましたが、氷りは、可成《かな》り厚く、その下が乾上《ひあ》がっていたほど。氷りが、水を吸い盡《つ》くしたのです。

季節学《フェノロージヤ》

氷點下九度、川は、尚《なお》も流れ、私の寒い車庫《ガレージ》の馬穴《バケツ》の水も、凍りませんでした。その後、極《ご》く小さな冱寒《モローズ》が有りましたが、川は、尚も流れ、岸沿いの厚い氷りの帯を擴《ひろ》げました。

私は、車庫の馬穴のことなど、考えてもいませんでした。けれども、本格的な冱寒《モローズ》の時季を迎えると、川は、忽《たちま》ち凍り、車庫の水も、凍り、馬穴の底が、脱《ぬ》けました。ですから、不意打ちの強い冱寒よりも、連日の小さな冱寒の方が、怕《こわ》いのです。

冬も、初めの内《うち》は、雪と冱寒で私たちを駭《おどろ》かすだけですが、知らず識《し》らず、逼《せま》り、気が附けば、急襲し、攻略し、到達しているのです、真の冬が！

新雪

弱い冱寒《モローズ》、朝から、凡《あら》ゆる起伏に敏感な細かい新雪が、昨日の霰《あられ》の上へ舞い降ります。

夕方になり、白い野兎が森を出て彳《た》ゝずんだように想われました。けれども、それは、野兎ではなく、動かざる何か、見れば見るほど白《あき》らかに変化するものの。とは云え、矢張り、これは、それが動いているのではなく、人の心臓が體《からだ》を顫《ふる》わせているのでした……

思想の鳥

森へ入るや、面白い思想が、鳥の群れのように、その場を舞い立ち、凡《すべ》てが、動き出し、人は、凡てが余りにも自分の意の儘《まま》なので、思想の鳥と共に樹々をも舞い立たせようとしていることを、瞭《はっき》りと自覚し始めます。

けれども、樹々は、舞い立たず、彳《た》っており、泰然自若、唐檜《とうひ》も、松も、白樺も。樹々は、紛れもなく彳っており、森の魅力は、人が緑の交響《ざわめき》に溶け入って自身の思想を抱いて舞い立ち天翔《あまがけ》けても、樹々は彳った儘、と云う處《ところ》に。

秋の空焼け

朝夕の黄色い空焼けは、熟れたアントーノフカ種の苹果《りんご》のよう。

暮れ合いに、ここ数日の黄色い空が、深紅《しんく》に染まり始め、それで、暖かくなりました。

黄色く紅《あか》い空焼けは、日輪を隙間なく隠していた青い帯に由《よ》り、際立ちました。

土は、少し凍り、北面では、薄雪に覆われました。私は、闇《くら》い空焼けの中で、寛《くつろ》ぎの茶を喫します。日輪が、赤い翼の金の鳥のように覗きます、その上には、木苺色《マリーナ》の羊雲《バラーシキ》。

森の鐘楼

樹々の枝は、夜の雪で朶《しだ》れたものの、今、雪は、雫となって緩《ゆっく》りと枝を傳《つた》い、それらの枝が、一寸《ちょっと》づつ上がってきました。夕方、冷えてくると、冱寒《モローズ》は、勿論、真っ先に凡《すべ》ての雫を凍らせましたが、それらの雫は、尚《なお》も枝の雪の下から奔《はし》り出て、生ける雫が、凍った雫の上へ滴《したた》ると、凡ての雫が、垂氷《つらら》を伸ばしつつ凍っていきました。樹が、玲瓏《れいろう》な小さい垂氷に悉《すっか》り覆われると、冱寒が、雪融けを停《と》めました。

朝、森の草地《ポリャーナ》は、光りに盈《み》ち、唐檜《とうひ》が、日影《ひかげ》の中で韶《うつく》しい賜物のように耀き出し、鐘撞《つ》き番の風が、自身の森の樓《やぐら》で鯨音《かね》を鳴らし始めました。

川の結氷

夕方、空気は、温《ぬく》もり、土は、凍っており、水面《みなも》では、流れていたものが停《と》まり、張った氷りに石を抛《な》げても、音はすれども破《わ》れず、薄氷《サーロ》りも、もう流れていません。日輪は、昨日のように透明ではなく極《きわ》めて濃密な雲の中へ、沒《しず》みました。忿《いか》りに紅《べに》を潮《ちょう》したような月が、升《のぼ》りましたが、それは、自身の坐標《ざひょう》も、眉も鼻も、何も有《も》たずに、水に映っているのでした……

冬の徴し

曇りの日、冱寒《モローズ》は、怯《ひる》まず、日中、居坐り、夕方、募ります。これこそ、何よりも慥《たし》かな冬の兆し、冱寒と黒雲は、新たな降雪に相応《ふさわ》しい条件を創り、初雪のような新雪が、もう二、三度降ると、畢《お》わり、凡《すべ》てが、埋まり、融けず、狩り出し用の犬を連れた私たちの獵も、畢わり。

余りにも三月に似ているので、私は、永年の眠りから覚めた人が季節を判じるように、森の中で何かの徴《しる》しを永いこと探しました。そして、竟《つい》に、雪に覆われた伐開線《プローセカ》で、一株《ひとかぶ》の樹から蜘蛛の網《い》が垂れ、尖《さき》っぽに小さな玉が有るのを、目にしました。《凍死した蜘蛛?》そう想いました。私は、それを識別《みわ》け観察しました。それは、先週の濃霧で、雫が錘《あつ》まって凍り、雪が降ると、凍った雫に数片の微細な六花《りっか》が附着し、その雫が、玉になったもの。

それで、三月でなく十一月だと判りました。蜘蛛の網は、三月には影も形も有りません。

十二月　初冬

生ける雫

昨日は、雪が、たんと積もりました。雪は、少し融けたものの、昨日の瑰《おお》きな雫は、凍り、今日は、寒くないものの、雪は、融けず、雫は、生き物のように垂れ下がって燦《きら》めき、薄墨《うすずみ》の空は、宙に弋《う》かび、今にも翔《と》んでいきそう……

否《いいえ》、露臺《バルコーン》の雫は、生きています！

町で

糸雨《しう》が蕭々《しとしと》降ろうが、空気が濕々《じとじと》しようが、もう気になりません。電燈の光りの中の水の顫《ふる》え、その中に影が在《あ》り、人が対《むこ》う側を歩み、その影がここに在り、頭が水の顫えの上を過《よぎ》ります。

幸《さいわ》い、一夜で、たんと雪が降り、窗《まど》からは、暁闇《ぎょうあん》の燈火に照らされて庭番の鍬《スコップ》から雪が美事に零れるのが、見えます、詰《つ》まり、雪は、未《ま》ださらさら。

昨日は、日中に潴《みずたま》りが凍り、薄氷りの張る時節となり、莫斯科《モスクヴァー》っ子が尻餅を搗《つ》き始めました。

影の春

冬至る。作曲家のNから、《光りの春《ヴェスナー・スヴェータ》》の祝辞。光りの春と云う私の言葉は、久しく存《ながら》えているのは、影《ヴェスナー・チェニェーイ》の春を想い始めています。地上の生が存えているのは、影在《あ》らばこそ。

光りに光り！　そこに、四季は無し、日輪は、躬《みづか》ら輝り輝《て》り、この地球は、廻り、その自轉が、光りを馭《ぎょ》する影を生みます、地上の生が存える爲《ため》に。

訳者あとがき

四季と云うと、みなさんは、何を連想されるでしょうか。青春、朱夏、白秋、玄冬、或いは、フランツ・ヨーゼフ・ハイドンの世俗的神劇《オラトリオ》『四季』……。私は、今春に上梓された拙い随筆集《エッセイ》『ハバーロフスク断想　承前雪とインク』の「四季」と云う章の「季節」と云う項で、次のように記しました。

四季は、日本でも露西亜でも、夫々《それぞれ》に趣き深いように感じます。露西亜では、一年が、三、四、五月の春、六、七、八月の夏、九、十、十一月の秋、十二、一、二月の冬の四つに分けられ、「春の最初の月」とか「夏の最後の月」といった表現を新聞でよく目にします。四季というと、私には、春夏秋冬という云い方や小学校で教わった

『四季の歌』やアントニオ・ヴィヴァルディの提琴《ヴァイオリン》協奏曲集『四季』のせいか、なんとなく春から始まるというイメージがありましたが、露西亜の場合は、そうでもないようです。或る年、自分が担當するラヂオ番組の枠内で今年は露西亜の季節を音楽で辿ってみようと想い、放送局の音聲《フォノ》ライブラリー《チェーカ》でピョートル・チャイコーフスキイのピアノ曲集『四季』やアレクサーンドル・グラズノーフのバレエ音楽『四季』のオープン・リール・テープを探し當てると、なんと、前者は一月から、後者は冬から始まっているのでした。また、帰国を扣《ひか》えて荷物を耗《へ》らさなくてはならないのについ書店で購《もと》めてしまった『四季』という自然を謳う詩や散文の断片を輯《あつ》めた本も、やはり冬を讃える作品から始まっているのでした。鳥は去り獣は眠り野も森も溶暗《フェード・アウト》していく秋を四季の終幕とし、大地を雪で包《くる》んで新たな萌芽を待ち焦がれる冬を四季の序幕とする、そんな露西亜の感性が、私にはなかなか粋《いき》で慕わしいものに感じられます。

（「季節」全文）

本書、プリーシヴィンの「四季」も、一月から書き起こされています。亦、上掲書の同じ章の「冬麗」と云う項では、次のように記しました。

冬麗《ふゆうらら》。或る冬の朝、南向きの露台《バルコーン》の手摺りに専用のアンテナを立ててある枕辺の短波ラヂオでＮＨＫの亜細亜大陸向けの日本語放送を聴いていると、天気予報のところでそんな日本語が流れてきました。気象予報士に依ると、それは、春先を感じさせる麗らかな日和《ひより》を指すそうで、私は、露西亜の作家ミハイール・プリーシヴィン（一八七三〜一九五四）の造語らしい「光りの春」へと想いを連ねました。この言葉に出逢ったのは、二〇〇九年の冬に隔月刊誌『ゆきのまち通信』の編輯者より露西亜の「光りの春」についてのコメントを求められたときのことでした。私は、それまで日本語でも露西亜語でもそんな言葉に接したことがありませんでしたが、インター・ネットで検べてみると、露西亜語のサイトにこんな記述がありました。「早春は、プリーシヴィンが一番好きな季節で、作家は、生命の悦びを象《かたど》る「光りの春《ヴェスナー・スヴェータ》」という瑞々《みずみず》しい表現を想い附き、煖《あたた》かい春の訪れを告げる冬の終わりをそう名附けた。一月、二月、そして、三月の初め、凡て、これは、「光りの春」やはり、この言葉の生みの親は、露西亜中部のオリョール県で生を享けて国内の各地を放浪して一九三八年には『光りの春』という短篇を著しているこの作家なのかも知れません。後日、私は、「光の春」が日本の俳句の季語となっていることを知り、露西亜由来の季語が日本の風土に根附いたことに深い感慨を覚えました。風韻のある言葉は、渡り鳥のように国の境を楽々と踰《こ》えて流布するものなのでしょうか。それまで、冬至を過ぎて年を越す頃から徐々に感じられる透明な美しさを持て余すばかりだった私は、ようやく、この季節を「光りの春」という言葉の花瓶へ挿せるようになりました。

（「冬麗」全文）

作家のコンスタンチーン・パウストーフスキイ（一八九二〜一九六八）が「露西亜の自然の歌い手」と稱したプリーシヴィンの「骨肉の目《ローットヴェンノエ・ヴニマーニエ》」で自然と対話する作品は、万象への愛と共生の詩学《ポエーチカ》に貫かれており、作家のマクシーム・ゴーリキイ（一八六八〜一九三六）は、こう記しています。「貴方は、自然ですらなく、更に大きなもの、われらの偉大な母、地球について書く。私は、地球への愛と知識がこれほど調和した露西亜の作家を他に知らない」（「M・M・プリーシヴィンについて」（『赤い處女地《クラースナヤ・ノーフィ》』誌、一九二六年十二月））。翻譯の合い間に仏蘭西のジュール・ルナール（一八六四〜一九一〇）の『博物誌』を読んでいると、譯者の岸田國士（一八九〇〜一九五四）の「あとがき」で次のような言葉に出逢い、百六十八の葉篇で織り成されるこのプリーシヴィンの「四季」に何處か通じるものを感じました。「ルナールの簡潔な表現、というよりもむしろ、その《簡潔な精神》が、脂肪でふとった西欧文学のうちにあって、彼を少なくとも閑寂な東洋的《趣味》のなかに生かしていると言えば言えるだろう。」「しかし、彼の本領は必ずしも、文字でミニアチュールを描くことではない。『博物誌』のなかのものは、すでにそれを証明している。ひろい正義愛、執拗な真実の探求、純粋な生活の賛美、ことにきびしいストイシスム、高邁な孤独な魂の悲痛な表情がそこにある。」更に、ダダイストの辻潤（一八八四〜一九四四）の「ダダは相対に絶対の価値を与える、属性が全体を包含して、蟻がマンモスを呑み込む。駱駝が易々として針のメドを抜けるのである。」（「ですぺら」）と云う言葉や、ハンセン病の詩人として知られる志樹逸馬（一九一七〜一九五九）の「人はだれでも死んで土になる／汗を流して育てた緑の草木を食べて生きてゆく／この自然の中でわたしたちはいつもひとつだ／この交わりによって血の色はひとつとなり／ここからひとつのことばが見出される」（「人はだれでも」）と云う詩が、プリーシヴィンの言葉や思想と交響し共振れするように感じられることもありました。

昨年の春、久々の上京の折りに早稲田でヴァルヴァーラ・ブーブノヴァ（一八八六〜一九八三）さんの絵画展を覧《み》てからアテネ・フランセの傍の未知谷さんへふらりと彳《た》ち寄り、奥の一隅で烟草を喫みながら社主の飯島さんと四方山話しをさせていただいた際、プリーシヴィンの未邦譯の三つの作品が話柄に升《のぼ》り、いつかそれらを翻譯してみたいと想われたことでした。その内の二つ、「朝鮮人蔘」と「黒いアラビヤ人」（『西比利亜の印象』所収）は、既に刊行していただき、三つめの「大地の目」は、「友への道」、「沈思」、「人間の鏡」の三部から成る大作のため、今回は、「人間の鏡」に収められた「四季」を擇《えら》んで譯すことにいたしました。

私の文躰を寛容され本書を出版してくださった未知谷の飯島徹さん、ルビや用字などの注文の多い譯文の編輯実務を担當してくださった伊藤伸恵さん、深遠な原文の理解を援けてくださったエカチェリーナ・メシチェリャコーヴァさん、この本をお読みくださった凡ての方に、心から感謝しております。有り難うございました。

二〇二〇年　立冬　武州白岡の寓居にて

岡田和也

Михаил Михайлович Пришвин

1873年、露西亜西部のオリョール県（現リーペツク州）の商家に生まれ、早くに父を亡くす。中学を放校になった後、革命運動で逮捕、投獄（1年）、流刑（2年）。独逸のライプツィヒ大学で農学を学ぶ。1907年、「人怖ぢしない鳥たちの国で」、翌年、「魔法の丸麺麭を追って」を発表し、作家活動へ。各地を放浪し、多くの紀行文（オーチェルク）、童話、小説、随想を執筆。「露西亜の自然の歌い手」と称され、自然を骨肉の目で捉える作品は、万物への愛と共生の詩学に貫かれている。1954年、モスクヴァで逝去。「鶴の里」「狐の麺麭」「自然の暦」「大地の目」「太陽の倉」「朝鮮人蔘」「アダムとイヴ」「黒いアラブ人」「ファツェーリヤ」「カシチェーイの鎖」「ベレンヂェーイの泉」「見えざる城市の辺りで」などの作品の他、半世紀に亙る厖大な日記がある。邦訳に、『裸の春 — 1938年のヴォルガ紀行』（群像社）、『巡礼ロシア — その聖なる異端のふところへ』（平凡社）、『森のしずく』『ロシアの自然誌 — 森の詩人の生物気候学』（共にパピルス）、『森と水と日の照る夜 — セーヴェル民俗紀行』『プリーシヴィンの森の手帖』『プリーシヴィンの日記 1914—1917』（以上成文社）、以上いづれも太田正一訳。『朝鮮人蔘』『西比利亜の印象』岡田和也訳（未知谷）。

おかだ かずや

1961年浦和市生まれ。早稲田大学露文科卒。元ロシア国営放送会社「ロシアの声」ハバーロフスク支局員。元新聞「ロシースカヤ・ガゼータ（ロシア新聞）」翻訳員。著書に『雪とインク』『ハバーロフスク断想』（未知谷）。訳書に、シソーエフ著／パヴリーシン画『黄金の虎　リーグマ』（新読書社）、ヴルブレーフスキイ著／ホロドーク画『ハバロフスク漫ろ歩き』（リオチープ社）、アルセーニエフ著／パヴリーシン画『森の人　デルス・ウザラー』（群像社）、シソーエフ著／森田あずみ絵『ツキノワグマ物語』『森のなかまたち』『猟人たちの四季』『北のジャングルで』『森のスケッチ』、レペトゥーヒン著／きたやまようこ絵『ヘフツィール物語』、プリーシヴィン著『朝鮮人蔘』『西比利亜の印象』（以上未知谷）がある。

四　季

2020年11月25日初版印刷
2020年12月15日初版発行

著者　ミハイール・プリーシヴィン
訳者　岡田和也
発行者　飯島徹
発行所　未知谷
東京都千代田区神田猿楽町 2-5-9　〒 101-0064
Tel. 03-5281-3751 / Fax. 03-5281-3752
［振替］　00130-4-653627

組版　柏木薫
印刷所　ディグ
製本所　牧製本

Publisher Michitani Co. Ltd., Tokyo
Printed in Japan
ISBN 978-4-89642-627-4　C0097